Poems by Dads
爸爸们的诗

奥森 编

花山文艺出版社

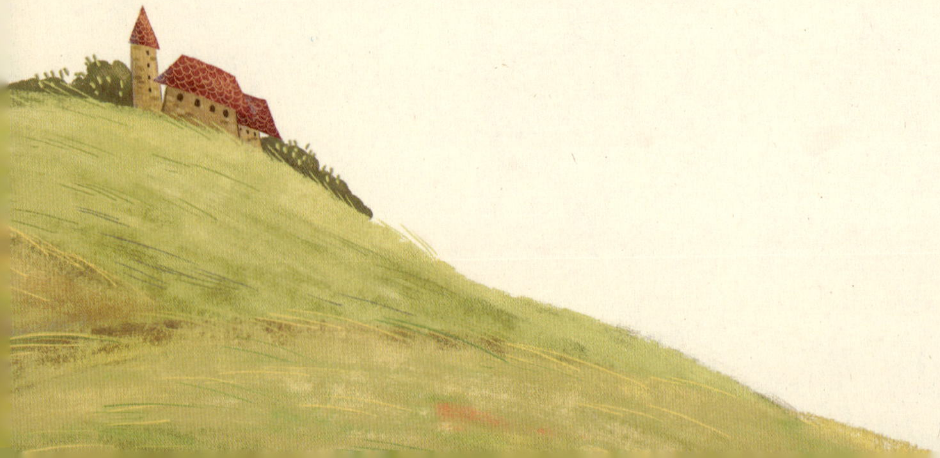

奥森童书

无论在哪里,
只要有孩子,就有黄金时代

目录

◎ 伊沙

儿子的孤独 -002

想起儿子许的愿 -004

无题 -006

子不教父之过 -008

比喻的陷阱 -010

梦 -012

羽翼 -013

儿子的成长 -014

◎ 马非

丢东西 -017

为错误而高兴 -018

◎ 游连斌

家 -020

外语 -022

梦 -024

哦，不是天才 -026

女儿说 -028

◎ 三个A

我又胖了 -030

希望我能有闪电一样的速度 -032

彼此 -034

为什么要等一下 -037

◎柏君

　　犬子 -039

　　划痕 -040

　　穿越 -042

◎杨邪

　　天空 -045

◎雪弟

　　幸福 -047

　　吃醋 -048

◎摆丢

　　母爱 -050

　　计时器 -052

　　新住处 -055

◎南人

　　一种死法 -057

　　三个胖子 -058

◎张小白

　　母亲 -061

　　投降 -062

　　无题 -063

◎刘一君

　　起早 -065

教谕 -066

我只是想想 -068

地球的瞬间生活 -069

◎韩敬源

儿时同伴 -071

屁 -072

寻人启事 -074

◎张明宇

晚餐 -076

诗意 -079

◎王清让

时光啊 -081

宠物 -082

◎李伟

一岁 -085

答案 -086

◎杜思尚

春天 -089

胜利 -090

◎李师江

生命——并回浩波 -093

◎ 张斌

因为她是我的妈妈 -097

我是谁 -098

两个傻瓜 -100

◎ 王有尾

造反派 -103

七零八落——写给我 7 点零 8 分落地的儿子 -104

◎ 西毒何殇

生活对白 -107

宝宝 -108

这才是诗 -110

高铁站 -112

老虎 -114

虫子 -116

幼儿园 -117

安慰话 -118

树枝孤鸟 -121

◎ 大九

一眨眼 -123

捉迷藏 -124

◎ 大友

父与子 -126

大昭寺前的两个藏族孩子 -128

◎李异

　　我想做我女儿的狗 -131

　　小美人鱼 -132

　　为了不让明天更糟 -134

　　24 小时卡通片 -136

◎廖兵坤

　　梦见世界末日 -138

◎了乏

　　米立的外号 -141

　　口是心非 -143

　　幸福 -145

　　眼力见儿 -146

　　励志故事 -148

◎普元

　　抵消 -151

　　马、西红柿和女儿 -152

　　橘子 -154

◎江湖海

　　送儿出国 -157

　　寻找礼物 -158

◎高歌

　　第一课 -160

◎岳上风

　　小树林 -163

　　家长会 -165

　　孺子可教 -166

◎侯马

　　致未来 -169

　　夏尔是如何理解电话的 -170

　　小兔子 -172

　　积水潭 -174

◎艾蒿

　　嘿，大鸟先生 -176

　　小朋友 -178

　　听话 -180

　　资格 -182

◎李勋阳

　　我的征途是星辰大海 -184

　　一只母老虎的诞生 -187

　　无题 -188

　　父子冤家 -190

　　蒲公英的叹息 -192

　　切 -194

　　杰作 -196

　　此书献给朋友圈的朋友们 -198

伊沙

伊沙，原名吴文健，西安外国语大学中文学院副教授、硕士生导师，西昌学院客座教授。当代著名诗人、作家、翻译家。曾获美国亨利·鲁斯基金会中文诗歌奖金、韩国"亚洲诗人奖"以及中国国内数十项诗歌奖项，曾应邀出席瑞典第 16 届奈舍国际诗歌节，荷兰第 38 届鹿特丹国际诗歌节，英国第 20 届奥尔德堡国际诗歌节，马其顿第 50 届斯特鲁加国际诗歌节等国际交流活动。

儿子的孤独

半岁的儿子

第一次在大立柜的镜中看见自己

以为是另一个人

一个和他一样高的小人儿

站在他对面

这番景象叫我乐了 仿佛

我有两个儿子

孪生的哥俩

两个小人儿一起跳舞

同声咿呀　然后

伸出各自的小手

相互击掌　一言为定

我儿子的孤独

普天下独生子的孤独

差不多就是全人类的孤独

想起儿子许的愿

还是在松赞林寺

还是在达赖像前

当我跪下去许愿之时

想起了我那跟随其母

远在北戴河度假的儿子

五年前在塔尔寺

面对宗喀巴大师

时龄七岁的他问我

"爸爸,我想让地球的

水资源省着点儿用

这个愿可不可以许?"

"当然可以!"

我近乎羞愧地回答

005

无题

很多年了
我的一天
如此终结——
到儿子房间
去看看他
蹬没蹬开被子
他几乎很少
令我失望
总是光溜溜
四仰八叉

躺在床上

让我把被子

替他盖好

心满意足

带着一天中

最大的成就感

回屋睡觉

子不教父之过

在接儿子

放学回家的路上

我故意将他

领进了一条

我提前走过的

死胡同

我骗他说

这是在抄近路

谁不爱走捷径呢

当他发现

这是一条怎么走

也走不通的死胡同时

便开始埋怨我

一条

站在胡同尽头

样子凶恶的丧家犬

吓退了他的埋怨

紧紧牵住我的手

安然无恙地撤出来后

他又从中感受到快乐

我这么做

无非是想告诉他

人生行路

莫过如此

但我不会说出来

只想领他走走

然后让他自己去走

比喻的陷阱

在从河南返回陕西的车中
我对儿子说：
"我跟你妈的缘分
打个比方吧：就像古代
两个从不同地点出发
进京赶考的书生
相会于京城的考场……"

"不对，"儿子说，
"古代女的没资格赶考。"

011

梦

妻自梦中发出

咯咯咯的笑声

继而笑醒

问之:"笑啥呢?"

回答:"梦见

跟儿子一起说相声。"

羽翼

儿子在腊八节回家，
家是母亲熬了一夜的腊八粥。

儿子的成长

是我把他领到阿根廷那里去的,某一年美洲杯,我指着电视上的蓝白衫儿说:"瞧,这是阿根廷队,世界上踢得最好看的队。"

然后是八年前,南非世界杯,他十五岁,阿根廷0:4惨败给德国那天晚上,留在家里看的他哭着到绿岛咖啡馆找我,我和老同学在那里看……

然后是四年前，巴西世界杯，他十九岁，阿根廷0∶1险负德国屈居亚军，电视转播颁奖仪式时，他摔了遥控器大叫："不看了！关电视！"

然后是今天，俄罗斯世界杯，阿根廷0∶3惨败克罗地亚的日子，他二十三岁，在家庭群里跟他妈大谈养花，说他和女朋友养的一盆花如何如何好，对于足球只字未提。

马非

马非，口语诗歌的代表诗人。1971年生于辽宁。诗作收录于《现代诗经》《被遗忘的世纪诗典》《新世纪诗典》等百余种选本，已出版《一行乘三》《致全世界的失恋书》《宝贝》等多部诗集。部分作品被译成英语、西班牙语、韩语、日语。荣获第三届《新世纪诗典》年度（2013）奖金诗奖、第四届（2013）长安诗歌节现代诗成就大奖。

丢东西

儿子去年在出租车上
丢失了雨伞
又在今年的杭州之行中
遗落了手机充电器
都在电话里告诉我们
当妈的不免责备几句
当爹的听不下去
并煞有介事地对她说
你不让孩子丢东西
他怎么长大

为错误而高兴

大一学生王昊

回家来度寒假

最喜欢说两句话

第一句无疑是对的——

我不是小孩子了

第二句可能是错的

尤其在他妈眼中

那是百分百错的——

你怎么老把人想得那么坏

但我还是挺高兴

为儿子的错误而高兴

如此经验甚为新鲜

之前从未有过

游连斌

游连斌，第七届李白诗歌奖银诗奖得主，新世纪诗典诗人、资料馆馆长。

家

小女在我的床上
过家家
我看书累了想躺下
小女不让
我说给个理由
她说这是我的家
不许别人进来
我要和我的老公我的孩子一起住
我问你的老公是谁
回答说
老公是没人
孩子是没人

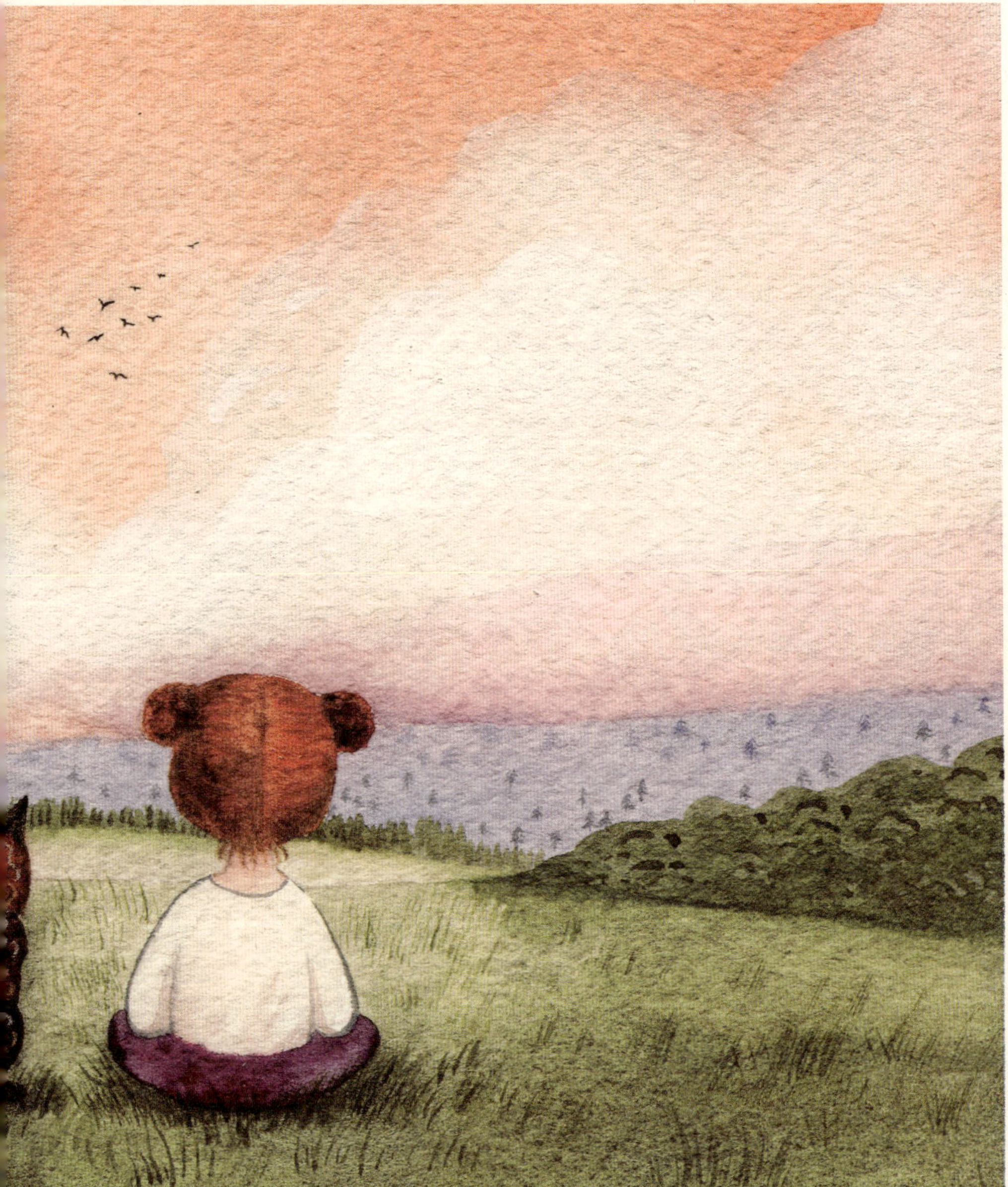

外语

在古田
晚餐进行到一半
若昕离座
来到苏不归身边
问他会几种语言
并让他分别说说
不归说了意大利语
英语
若昕均表示听不懂
不归还现场学了
一句当地方言
引座上人一片惊叹

最后我问他是否会俄语

若昕抢着说会

俄语

鹅

鹅

鹅

梦

晨起

我对若昕说

爸爸昨晚做了个梦

很好玩

若昕说

那拿出来呀

给我

看

或者

用手机

拍下来吧

025

哦，不是天才

去年今日

若昕第一次去游泳回来

她妈妈很神秘地炫了一把

"老游，你猜你女儿

下午说了啥？"

"啥？"

"她说'只要有勇气，就能学会游泳了'，

厉害吧？天才吧？"

"啊？她会说这话？"

"不是勇气

是泳镜，傻瓜！"

若昕在一旁大叫道

女儿说

你们没空时

把我寄别人家

我不想去

等我玩开心了

你们又来接我

我不想回

三个 A ├

　　三个A，70后诗人、作家，有组诗《纪念》、长诗《遁》等多部。作品入选《2012中国新诗大典》《中国口语诗选》《新世纪诗典》1至6季、《当代诗经》《2016中国年度好诗三百首》等。获得2015年度李白诗歌推进奖。有诗歌被翻译成英语、法语、韩语。现居来宾。

我又胖了

因为担心
在减肥的女儿
不听劝告
乱吃东西
我总是有意无意
把家里能吃的食品
都消灭掉
虽然我知道
她若真想吃
可以到外面买
但至少在
减肥的路上
我尽到了
做父亲的责任

031

希望我能有闪电一样的速度

每次离开家

她都会打电话

问几时回来

我说过两天就回

她说不要

我说那明天回

她说不要

我说那等一会儿就回

她说不要

我说那马上回

她说不要

我说那你要我

什么时候回

她说一分钟

你马上回到家

我说好吧

爸爸争取

一分钟内到

她才挂电话

然后我就想

如果我会飞

那多好啊

彼此

她的声音

如此美妙

胜过任何音乐

她的脸蛋

是我的镜子

她柔软的小手

温暖着我的

空虚

我创造了她

她

拯救了我

035

036

为什么要等一下

每次叫薇拉做点什么事

她都会说

等一下

我在思考我对她的教育错在哪儿

如果我没教育过她

问题是不是出在学校里

抑或是什么事影响了她

她才十四岁

我无法判断这样的习惯

对她是好是坏

虽然我不高兴

但是我不高兴

她就非要改变吗

有几次她回到家里

我煮好饭菜

叫她吃

她说等一下

我就先吃了

┤柏君

　　柏君，本名郭百军，1973年出生，河北省唐山市人，多年来一直尝试口语诗的写作。

犬子

儿子坚决反对

我们生二胎

我逗他

你去上大学

我和你妈多没意思

儿子沉思片刻

 "要不你们

养一条狗吧!"

划痕

在我家餐厅的

门框上

细看

可以发现

一道道

指甲的划痕

那是妻子

给儿子量身高

留下的

最初

妻子猫着腰

在儿子头顶处

划一下

后来直起身

再后来踮着脚

最近几年

她必须搬着凳子

才够得着

儿子现在

还在外地上大学

不知他

又长高了没有

这么快

新的一年

又已来到

穿越

我跟妻子说
如果咱们穿越回一年以前
儿子正上高三
虽然学业忙碌
但每晚他会
回到我们身边

如果咱们穿越回十五年前
儿子整天无忧无虑
我一定放下手中的书
仔仔细细地看
看他那张熟睡中
分外可爱的脸

如果咱们穿越回十九年前

儿子还没有出生

有什么琐事值得口角

我们一定要珍惜

这无牵无挂的每一天

如果咱们穿越回二十年前

我正一门心思追你

我们……

此时妻子

立刻把我的话打断

我才不再上你当呢

你小子该滚蛋滚蛋

离老娘远远的

不然我给你好看

| 杨邪

　　杨邪，诗人、小说家。1972年生于浙江温岭。作品散见于国内外刊物及选本。著有诗集《非法分子》、中短篇小说集《到金茂大厦去》。部分诗歌作品先后被译介至澳大利亚、美国、加拿大、越南等国。现居家写作。

天空

"啊,多么漂亮的白云!"

"白云,我从来没有见过

你是这么的美丽!"

背着小书包的儿子在造句

在向着天空稚拙地抒情

站在背后的我和妻子

被他的小手指引

也翘首发出了两声惊呼

随即羞愧地发现

整条大街上的所有人都没有抬头

只有接连几个被我们挡了道的人

不满地匆匆横了一眼

这碍事的

神经兮兮的

一家子

雪弟

雪弟，1974年生，现任教于惠州学院中文系。发表小说、诗歌、评论近两百篇。著有评论集和诗集八部。

幸福

看着我脸上的伤痕

一朋友问

又被老婆打了

我说,不是

这次是被我六个月大的女儿抓的

吃醋

这几天

妻子醋意大发

原因是

我八个月大的女儿会说话了

可说来说去

总是两个字

爸爸

有时冷不丁还会冒出三个字

好爸爸

摆丢 ├

摆丢，1975年生，黔东南人。有诗作入选《新世纪诗典》《中国口语诗选》《当代诗经》《2011-2012新诗年鉴》《诗韵东方》等选本。

母爱

坐在学步车里的小家伙

哭了

拿铃铛给他

不管用

做鬼脸逗他

不管用

我把他抱起来走走

还是扭着脸

老婆嫌我不会哄

抱过去

要喂奶

想起刚给他吃过

就用乳房

敲他脸

他咧着嘴

笑了

051

计时器

下班前

儿子来电问：爸爸

你还有好久回来

陪我去

买玩具

我说还有半个钟头

儿子问半个钟头是好久

我说半个钟头就是三十分钟

儿子又问三十分钟是好久

我说三十分钟

就是

就是三十个屁

你放三十个屁

还没臭完

我就来了

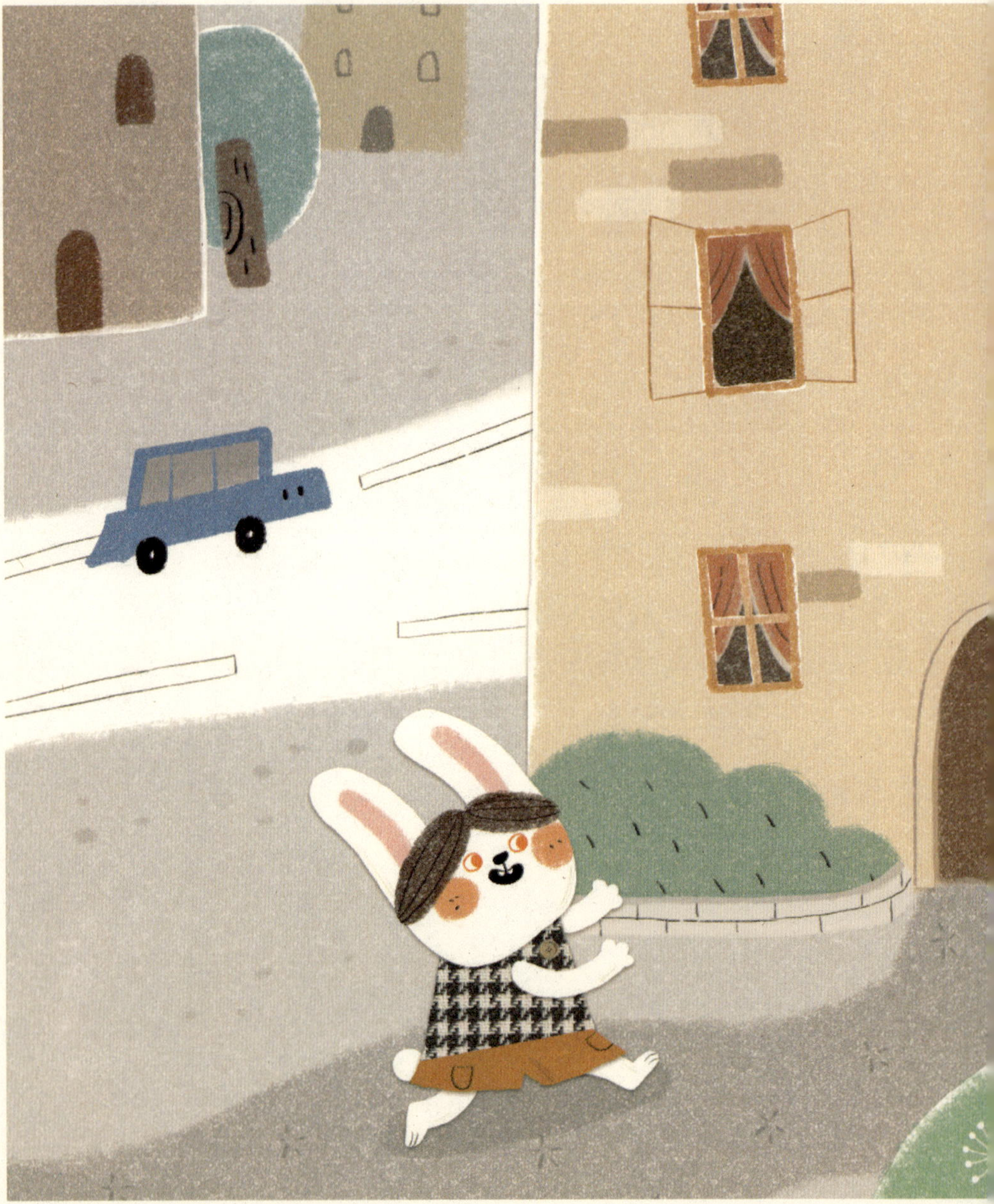

新住处

经过观察
没有老鼠活动
我们终于成为
"无鼠之家"
说完
儿子呵呵笑起来

我的心
被捏了一下
没敢看儿子
一眼

南人

南人，江苏泰州人，作品入选《中国先锋诗歌档案》《新世纪诗典》《当代诗经》《中国新诗年鉴》《中国诗典》等，出版有诗集《最后一炮》《黑白真相》等，爱情诗集《致L》在网上广受好评。现居北京。

一种死法

凡凡认为

人死了之后

把骨头埋到沙子里

把肉留在家里

那些肉还没有死的

那些肉活到多老

我们就能活到多老

至于那些骨头呢

要是有小孩子想搭积木

就把它们从沙子里扒出来

这样才好玩

等他们长大之后

他们才会搭

很漂亮的房子

三个胖子

遭遇恶性车祸

侥幸未死

侥幸未伤

用钥匙开开家门

已经夜深

黑咕隆咚的

可我还是在黑暗中

听到了三个声音

儿子,你回来啦

老公,你回来啦

爸爸,你回来啦

她们的声音很轻

声音的后面

都瞪着大大的眼睛

我装出一副若无其事的样子

嘘一口气

老妈、老婆、孩子

我回来了

被你们派出去的三个胖子

平平安安地拽回来了

⊣ 张小白

张小白，生于 20 世纪 80 年代，诗人。现居西安。

母亲

从玩具店出来

雨又下了起来

两岁的女儿

推着刚买的婴儿玩具手推车

像个母亲一样

抚摸着睡在车里的洋娃娃

冷风吹过来

我把随手带的外套披在她身上

她一把扯下来

给她"女儿"盖上了

投降

女儿骑在脖子上
我抓着她的手
阳光下
我的身影
正举起双手
对着前方投降

无题

在幼儿园的操场上

孩子们都在跑

我的孩子也在跑

中间我愣了一下神

她突然就不见了

后来在人群中

我又看见了她

那一刻

我多爱她呀

┤ 刘一君

刘一君,原名刘君一。1988年写诗至今。1995年拍电影至今。现居北京。

起早

起早

给儿子做了鸭丝炒饭

把开水掺凉

灌进他的水壶

然后喊他起床

雨下了一夜没停

本想开车送他

想想算了

当年我也是这样

在淡黑的晨色里

消失在父亲视线的远处

教谕

从海岸的普陀到大河塬的仰韶
我跟儿子说
我们能站在今天的太阳底下
是伟大的奇迹

从我们往上数差不多一百代
祖先的手正在画这些陶器
华族开始形成
这中间有任何一回闪失
就不会有我和你
他不懂

我接着说

兴百姓苦

亡百姓苦

无论兴亡

我们祖先都要在苦难中

不知疲倦地生育

他不懂

我接着说

早点交女朋友

别像我这么晚才有你

他装作不懂

我接着说

滚蛋

我只是想想

我特别想

给我那躺在病床上的

老父亲

还有那刚进入青春期的

少年

分别

找一个姑娘

地球的瞬间生活

每一个父亲都皱纹深陷

儿子们却鲜嫩欲滴

这是任意时刻造访的外星人

看到的地球生活的每一幅截面

韩敬源

韩敬源，诗人，出生于云南石林。已出版个人诗集《儿时同伴》《谈论命运的时候要关好门》，出版撰录整理的文学论集《观音在远远的山上——伊沙的文学课》。部分诗歌作品翻译成英语、德语、韩语。

儿时同伴

我儿时的一个同伴

死在我们经常游泳的那条河中

刚放暑假那时

他还去过我家

开学就不见踪影

留下一个空空的名字

在大家心中空空地挂着

有不明就里的老师点到他的名字时

教室里异常安静

每次经过那条透明的河

老有蓝色的阳光在水面上闪动

我儿时的伙伴

他就坐在水中

低头修表

屁

老婆和三个主妇交流着宝宝们成长的趣事

我在旁边得知
四个宝宝在他们明确意识到自己放屁时的表现

一个竖起耳朵静听
两个吓哭了
剩下一个扭头扑向妈妈的怀抱

没有人对我讲起我小时候的情形
这无关紧要的事

而我现在坐在旁边
发出声带不震动的笑声

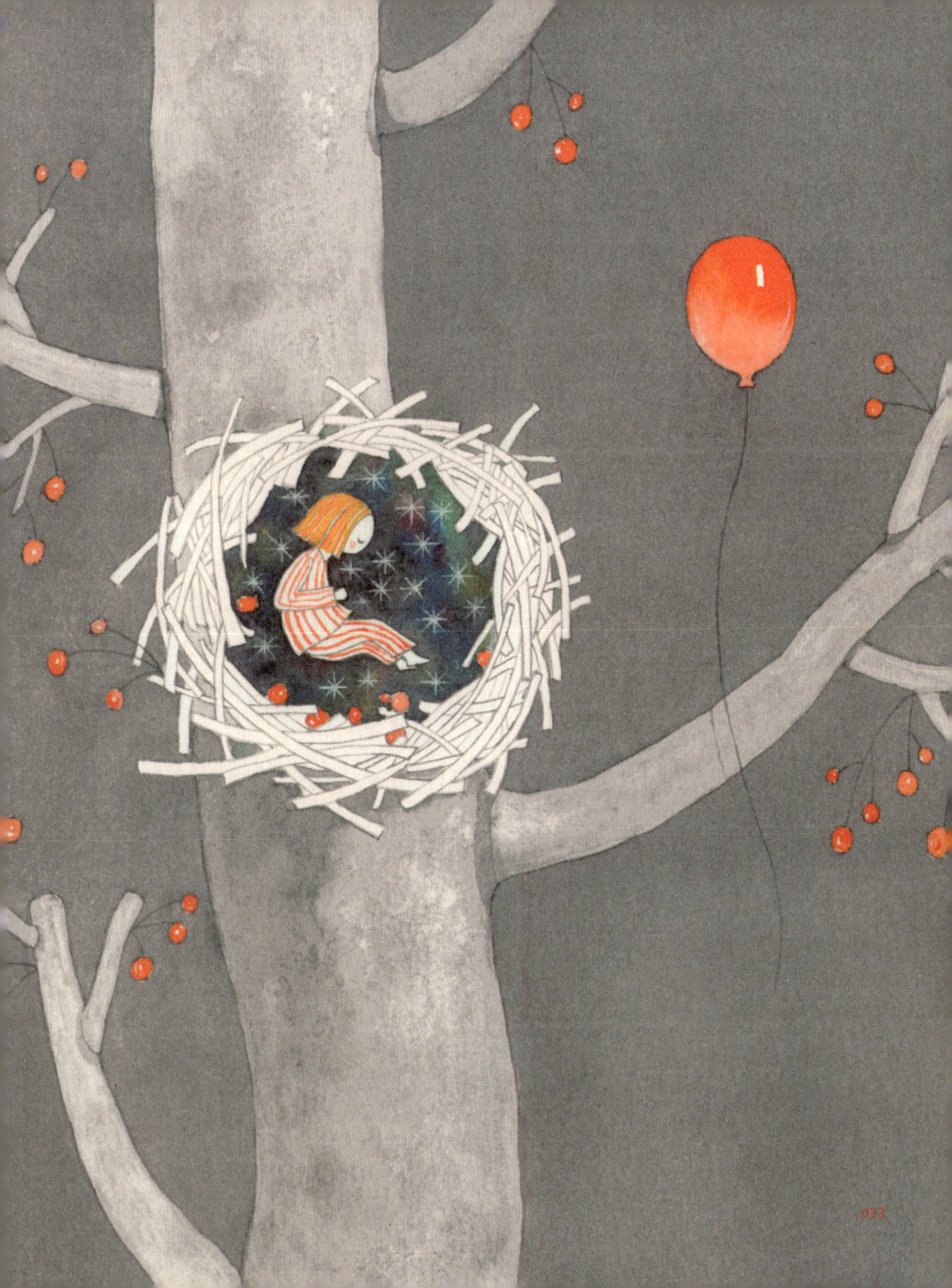

寻人启事

丢失的小女孩

坐在弹弓一样的树杈上

张明宇

张明宇，1979年生。高中语文教师。口语诗人。诗作入选《新世纪诗典》《中国先锋诗歌年鉴》等选本。出版诗集《纸片》。曾获李白诗歌奖、新诗典十大魅力诗人等奖项。现主持诗歌公众号：诗锚，主编《十首诗》等。

晚餐

下午
我买了珍珠小笼包
老婆买了大盘鸡
女儿买了扬州炒饭

回到家
女儿吃小笼包
老婆吃炒饭
我吃鸡

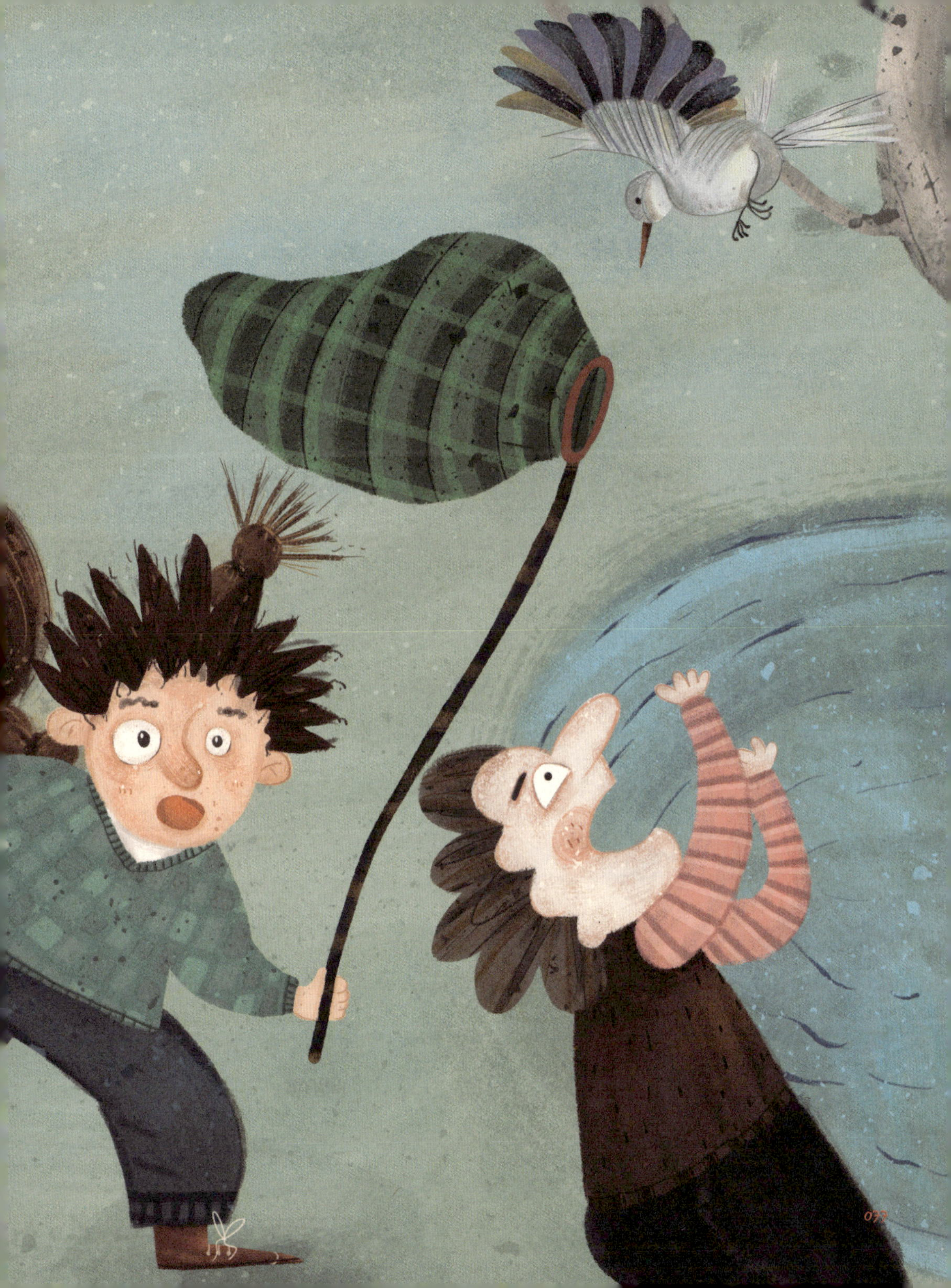

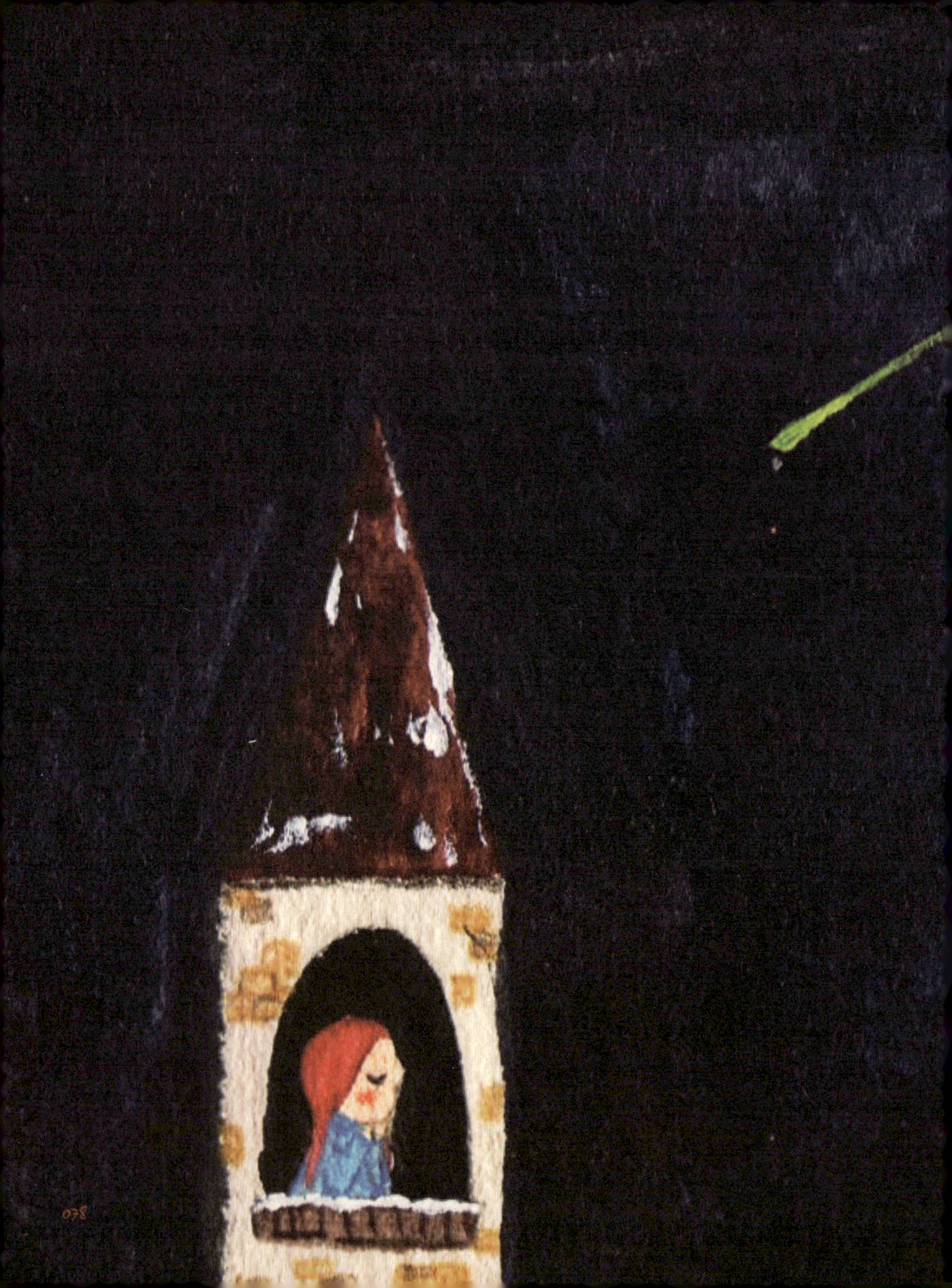

诗意

深夜

女儿说

窗外

有个人

在锯什么

我仔细聆听

哦

那是空调滴水

打在了

知了的叫声上

| 王清让

王清让，1976年生。在《人民文学》《诗刊》偶有作品发表，有诗歌入选《新世纪诗典》。现居河南新乡。诗观：诗歌是我与俗世抗争的武器。

时光啊

你长得那么快

眨眼间

都开始捏着粉笔

在墙上

一笔一画地

学画画了

这让我恍惚

仿佛看到了三十年前

自己的影子

院子里

蜜蜂嗡嗡唱歌

阳光正一望无际地

倾泻下来

宠物

皮皮
捉烦了蝴蝶
又开始捉毛毛虫

捉就捉吧
还非得要
弄个小月饼盒
养着

每天早晨
起床的第一件事
就是给毛毛虫
换菜叶

爷爷说

我跟它战斗了一辈子

没想到

今天

你个兔孙

还当成了宠物

李伟

李伟,诗人,画家。1964年3月生于沈阳市。毕业于沈阳鲁迅美术学院和天津美术学院,现任教天津师范大学。著有诗集《牛仔上衣》。《你是叫皮皮吗》曾获第三届"突围年度诗人奖"。

一岁

皮皮指着书架上
自己小时的照片问
这是什么时候照的
我说
一岁

一岁
皮皮惊呼
一岁就这么像人了

答案

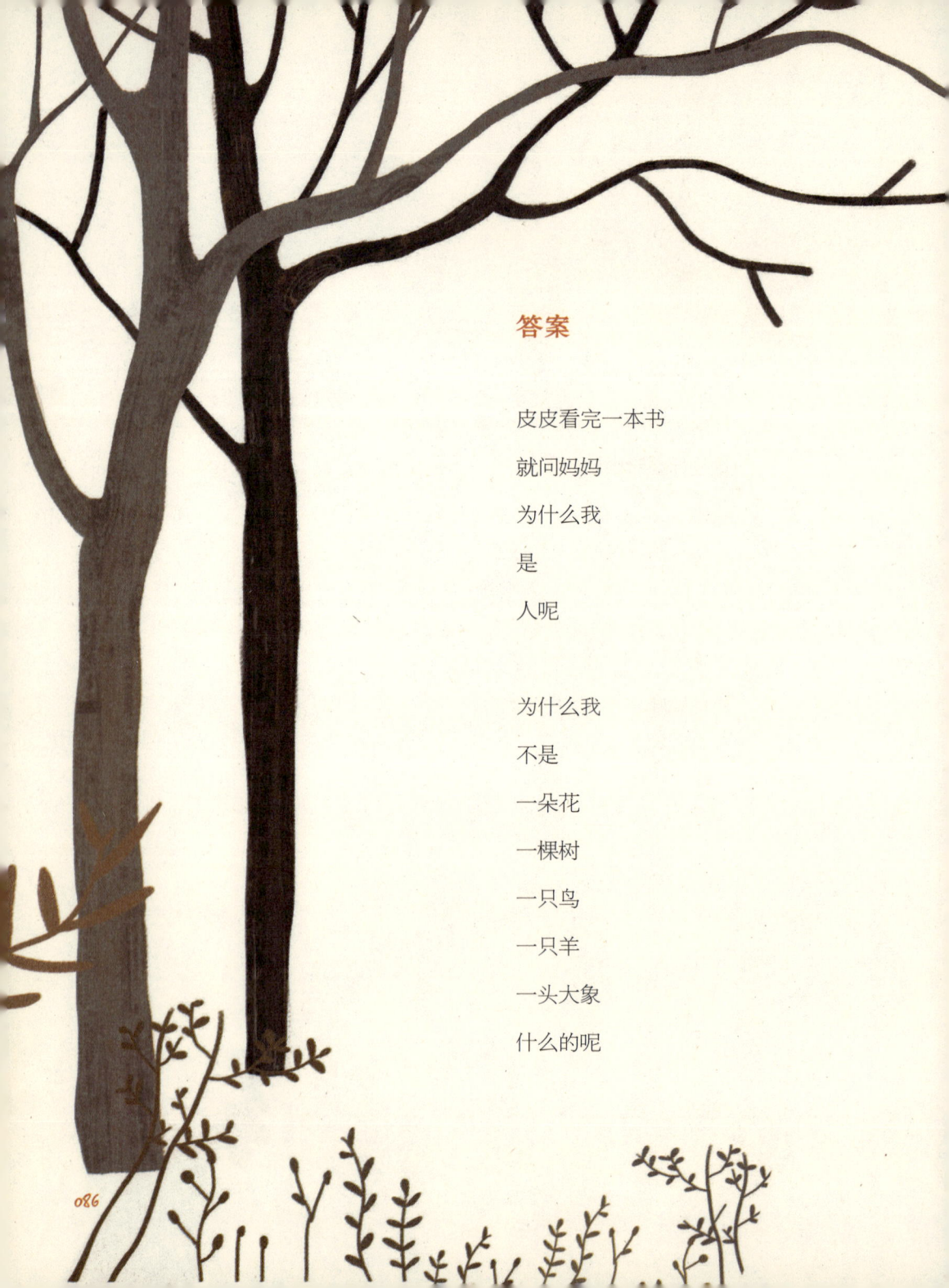

皮皮看完一本书

就问妈妈

为什么我

是

人呢

为什么我

不是

一朵花

一棵树

一只鸟

一只羊

一头大象

什么的呢

妈妈答

是命

皮皮继续问

我想要更科学的答案

妈妈继续答

就是

命

皮皮想了想

不再追问

把疑惑小心地

收起

转头去看电视了

| 杜思尚

　　杜思尚，祖籍河南南阳。先后毕业于解放军体育学院、解放军艺术学院。曾当过伞兵、运动员、爵士鼓手、编剧等。诗歌作品入选多个诗歌选本。著有诗集《人间》。现居北京。

春天

当我把常将小手
伸向花盆泥土中的儿子
放到家乡的麦地里时
他竟怔怔地站在原地
不知该迈哪只脚了

一只爬行的蚯蚓
让他咧开嘴哭了起来
我抱起他
一望无际的绿色
正向我们涌来

胜利

一岁的儿子

开始学步

玩着玩着

就丢下手中的玩具

向花盆爬过去

被我抱回原处

他再次向花盆爬过去

并且试图站起来

一次又一次

跌倒

爬起

终于

他抓住了盆沿

颤巍巍地站起来

冲我一笑

我还没来得及鼓掌

他抓起花盆里的土

一把塞进嘴里

李师江

李师江，1974年生于福建宁德，现居北京。在中国台湾出版《比爱情更假》《肉》《她们都挺棒的》等四部作品，在大陆出版长篇小说《逍遥游》，获得2006年华语文学传媒大奖。2007年推出长篇力作《福寿春》。有部分作品被译为英语、法语、日语等。

生命

——井回浩波

我坐在走道的椅子上

翻着一摞报纸

产房里传来一声裂帛的哭声

把我镇住了

那一瞬间

我有点晕

但我心中愈发坚定

此后纵是天崩

也要扛住

之前

为己而孤傲

之后

为你可卑贱

而此刻

汶川地震之后

掩埋的人群

已有六十四个小时

手中报纸上废墟实景

历历在目

昨晚一边看电视直播

一边挂念将出世的你

我知道你

早想出来看看

这个世界

可是，这个世界的

废墟之下

不知道有多少

不知死活的人

在等待命运

一个护士长的父亲

连轴几天救护伤员

对着记者说

我的孩子就埋在下面

我没有办法

他戴着口罩

看不见他哽咽的样子

孩子

你非生于乱世

却生于天灾之年

那生之喜悦

与死之焦虑

掺杂

足让我啜饮一生

在等待你被抱出产房的同时

我用手机

发了一条捐款短信

为你

仅仅是为了

让你懂得

将生命

与苍生

惺惺相惜

张斌

张斌，1986年生，云南威信人，中华诗词学会、云南省诗词学会、诗词楹联学会理事兼副秘书长。诗歌作品散见于《扎西》《昭通文学》《青海湖》《中华诗词》等文学刊物，诗歌入选《新世纪诗典》。

因为她是我的妈妈

与女儿一起回家
女儿说天气真怪
昨天还阳光明媚
今天就阴雨绵绵了

我说这天气是否像妈妈
忽而细雨温柔
忽而雷雨大作
忽而一阵冷风吹过
忽而一抹阳光照来
这样的妈妈你喜欢吗

喜欢啊！
因为她是——
我的妈妈

我是谁

醉酒后

迷迷糊糊见到了佛

我问佛

我是谁

佛像睡着了不理我

于是我反复问佛

我是谁

我是谁

我是谁

女儿见我一脸疑惑相

凑到我耳边

轻轻地说

你是我爸爸

你是我爸爸

你是我爸爸

佛微微一笑

我沉沉睡去

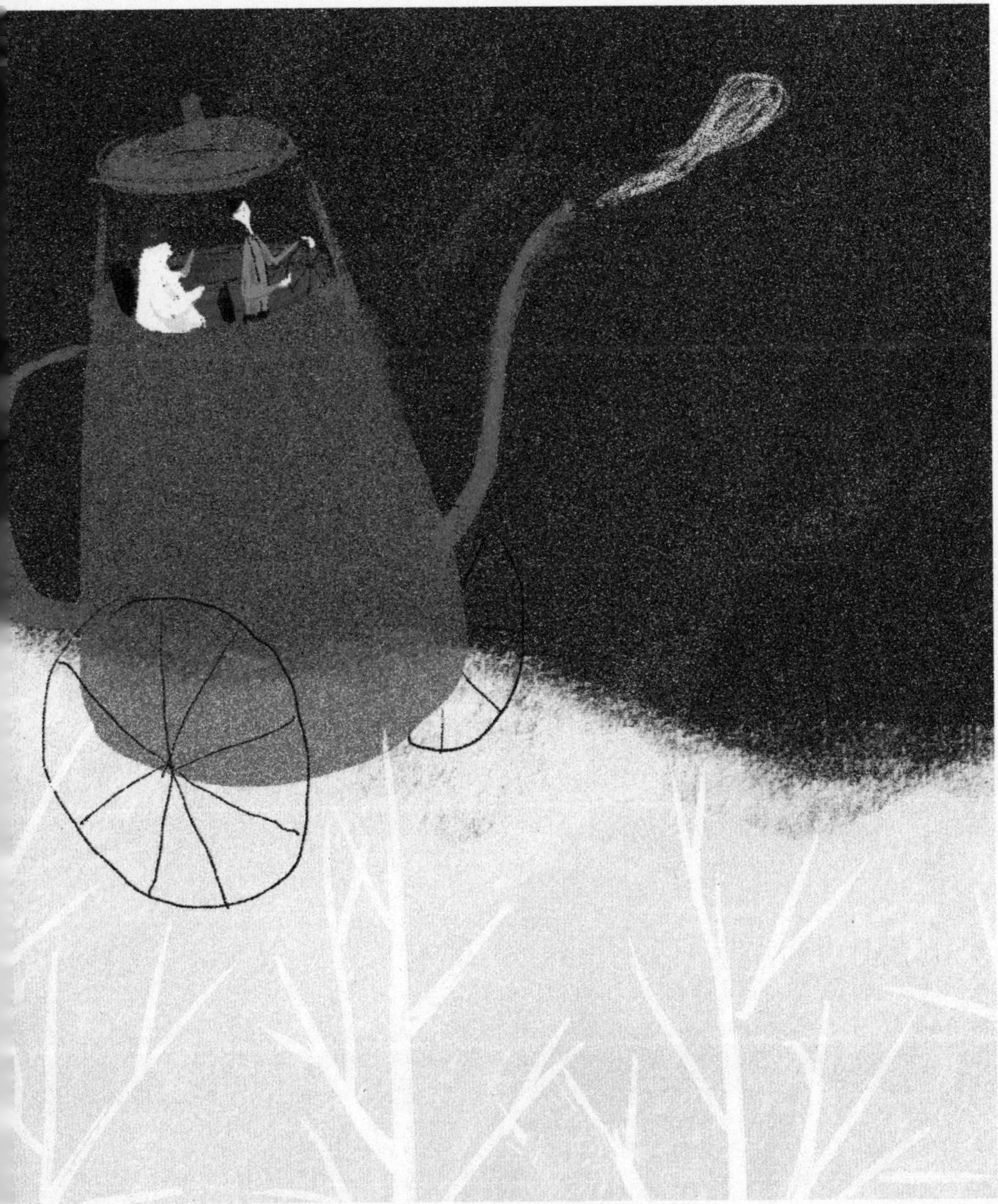

两个傻瓜

女儿说过几天就是她生日了

我说那打算怎么过呢

女儿想了想说看你们的喽

我说你就帮妈妈打扫卫生吧

女儿说为什么呢

我说

妈妈不生你

你能练跆拳道吗

你能吃上如此的美味吗

你能读这么多好书吗

你能画太阳和星星吗

你能和小伙伴们玩游戏吗

你能讲白雪公主的故事吗

你能获得一墙的奖状吗

女儿反驳

妈妈不生我

我会感冒吗

我会咳嗽吗

我会摔倒吗

我会被同学骂吗

我会被老师罚站吗

我会做那么多作业吗

我会在睡梦中哭醒吗

妻子笑道

两个傻瓜

王有尾

王有尾，生于1979年，山东东明人，诗人。现居西安。长安诗歌节发起人，后口语代表诗人，曾获首届李白诗歌奖。出版诗集《怀孕的女鬼》，合著诗集《在长安》，部分作品被译为英语、德语、韩语。《后口语》主编。

造反派

几个小屁孩

拿着点着的塑料袋

朝一辆车上滴

我骂了一声"兔崽子"

跑上前去

才发现是我的车

领头的那个"兔崽子"

是我儿子

七零八落

——写给我 7 点零 8 分落地的儿子

我站在产床前摁着你妈的手
你妈翻了好几次白眼

你出来时护士说：
嗓门好大的公子

你奶奶则蹲在厕所里
听到笑声才欢喜地跑进来

你大伯还有几个产妇在外面说话
朋友或发短信或打电话说：恭喜

你爷爷开了个摩托因为修路
转了老远来看你

你产前天一直在下雨

产时已经不下了

第二天就放晴了

万里无云

地里的玉米早就熟了

但一直等到你瓜熟蒂落

┤ 西毒何殇

西毒何殇,口语诗人,长安诗歌节同仁。2017年主编《中国先锋诗歌地图:陕西卷》,获得2017年度新世纪诗典第七届李白诗歌奖推荐奖。

生活对白

儿子考试没考好

看试卷

我说他太粗心

不认真

叨叨了好几句

他私下给他妈妈说

我爸又说我

不过说就说吧

要是不说

他写剧本

咋写对话呢

宝宝

七岁的儿子放下碗筷

姥姥问他:"宝宝,吃饱了吗?"

他不说话

妈妈对姥姥说:

"他长大了,叫宝宝不合适

直接叫名字或者小名都行……"

姥姥笑着说:"不论他长多大

在我这里,都是宝宝……"

饭后,儿子来到书房

郑重地说:"妈妈,谢谢你啊!"

这才是诗

从昆山高铁站

到酒店的车上

我与专程从嘉善

赶来见面的老友

诗人起子

聊起路上遇到的

一件趣事

一直坐在后座上

沉默的

六岁男孩查尔斯

突然探出头来

兴奋地说：

这是首诗啊！

高铁站

在上海虹桥
巨大的高铁候车室里
我拉着查尔斯
到处找自动取款机

一连找了八个
没一个能用的

我拽起
趴在地上
气喘吁吁的查尔斯
准备继续找

他对我说:
爸爸,你是不是
想累死我
再生二胎啊?

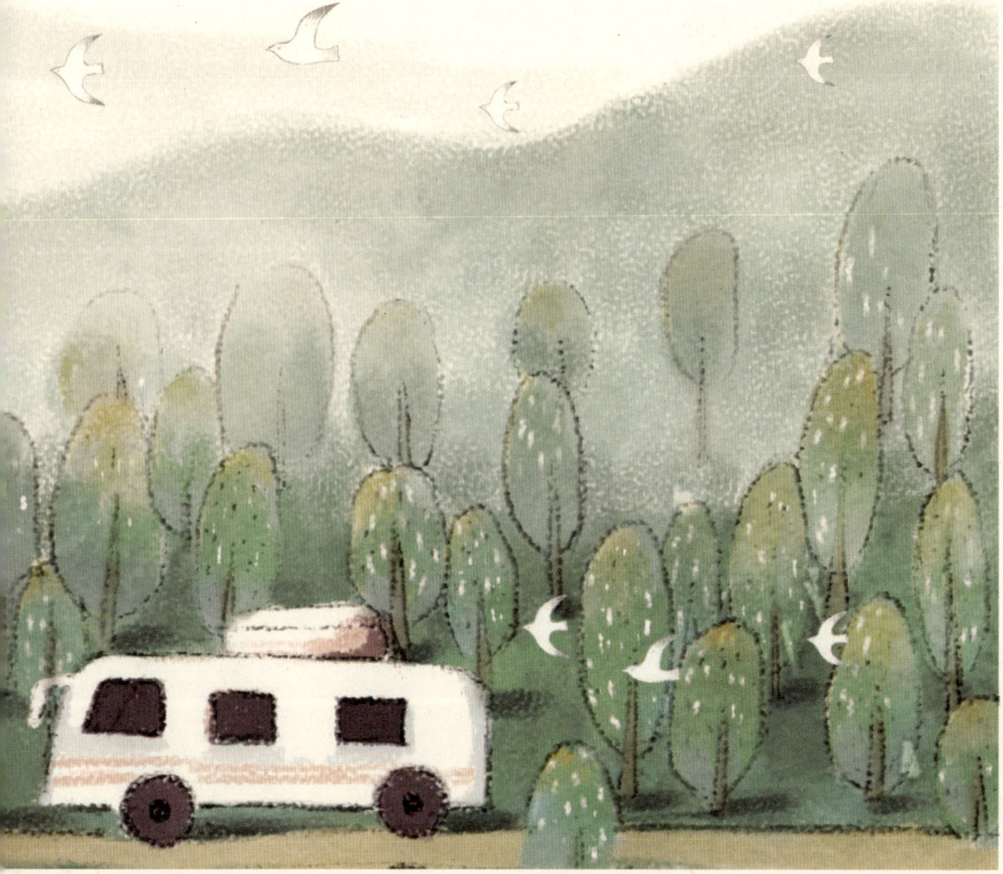

老虎

带儿子去动物园

看驯兽表演

他表情专注

看猴子骑马

狗熊钻火圈

时而尖叫

时而大笑

当他看到驯兽员

拿一块肉

让老虎像人一样

直立行走时

突然转头问我:

"爸爸,这个老虎

是真的还是假的?"

我说:"当然是真的。"

"那它为什么不吃人呢?"

我无言以对

幸好他

也就这么一问

虫子

少年时
每到盛夏
都把捉米虫子
当作日修课的我
对偶尔在饭碗里
发现小虫
就大呼小叫的儿子
不以为然
但也不会阻止
他把饭倒掉

幼儿园

儿子上的幼儿园中班里

两个小女孩相互敌视

只要提起对方

就恨得咬牙切齿

其中一个

尚未学会写自己的名字

却能把对方的名字

写得一划不错

安慰话

查帅破天荒
扮演了校园小霸王的角色
打了同小区里住的
同班同学

被我严厉教育后
带着上门去道歉
两个小学生
到房间里去交流解决

我跟同学爸爸聊天
奶奶从厨房端来水果
和蔼地安慰我：

小孩子打架不要紧的
这也是遗传
他爸小时候
就经常受人欺负

树枝孤鸟

开车经过公园

我把车停路边

老婆对儿子说:

快听,树上有小鸟在唱歌呢

他把头探出窗外

听了一会儿说

不好听

吵得很

大九

大九，本名郭彦星。1981年生于陕西省神木，现定居内蒙古鄂尔多斯。作品散见多种刊物和选本，有诗集《灵书》《肉危机》《七色空》等，小说集《俗》、长篇小说《天方地产》等，编著诗选集《百年新诗精选》、系列诗日历《我们的诗篇》等。

一眨眼

一眨眼
我吻她的脚丫
吻她的臭脚丫
成了尴尬的动作

她拿我的脚当跷跷板
她骑到我背上
从卧室到客厅
像公主骑马巡游自己的国家
她枕在我的臂弯里睡
怕把她惊醒,我的胳膊麻了
却不敢动

真的害怕一眨眼
我已承载不动她的体重
再一眨眼
我身边睡着的小美人
变成了别人的新娘

捉迷藏

妻子意外怀孕四个月

得知是女儿

说是陕北人传统

二胎必须得是儿子

想要去掉

却经不起我软磨硬泡

把她留了下来

女儿出生后

妻子说

孩子是你救下来的

将来会报答你

我说我不要她报答

我要和她玩捉迷藏

直到有一天我玩不动了

大友

大友，生于1963年，安徽灵璧人，现居南京。警察。诗歌入选《新世纪诗典》《当代诗经》《传世诗歌三百首》等选本。出版诗集《乳牙》《美人鱼》《大爱》《审讯》。

父与子

我再婚儿子是知道的

再离他也知道

再离后又婚他就不知道了

在北京读书的儿子

寒假刚进家门

我干咳几声后和他说

儿子有件事电话里我不好意思说

现在也还不好意思

但我必须说

我又给你找了一个阿姨

他嘿嘿一笑

爸爸您不好意思

又不是

第一回了

127

大昭寺前的两个藏族孩子

剪刀石头布

三局两胜

谁输谁买冰棒

输了的一个耍赖

另一个追赶他

跑了几圈

两个孩子

突然停下来

双手举过头顶

对着金身佛

匍匐

跪拜

| 李昇

　　李昇，1982年生于海南，诗人，第二届长安诗歌节《唐》青年诗人奖得主。

我想做我女儿的狗

我会做很多

以前从不做的事

滑稽的事

就像

拳王泰森在海滩

练习举重

一直看着海上的游轮沉没了

也不会

真把杠铃

举过头顶

小美人鱼

凌晨 1 点 52 分

去客厅餐桌

找吃的

发现地板上

一团慢慢移动的

小黑点

我凑过去

蹲下来

看这些蚂蚁

在咬

一瓣肉末

那是女儿晚饭时

掉落的

鸡腿

小家伙一岁半了
刚刚学会说话

她管
这些爬行的黑点点
叫
爸爸

为了不让明天更糟

外甥女两岁的短袖挂在

阳台的防盗栏上

月亮照着

晚归的人

是我

从楼下看见了

小人国的衣服

不用想都知道

除了没完没了的好奇和玩

她就没什么可担心的

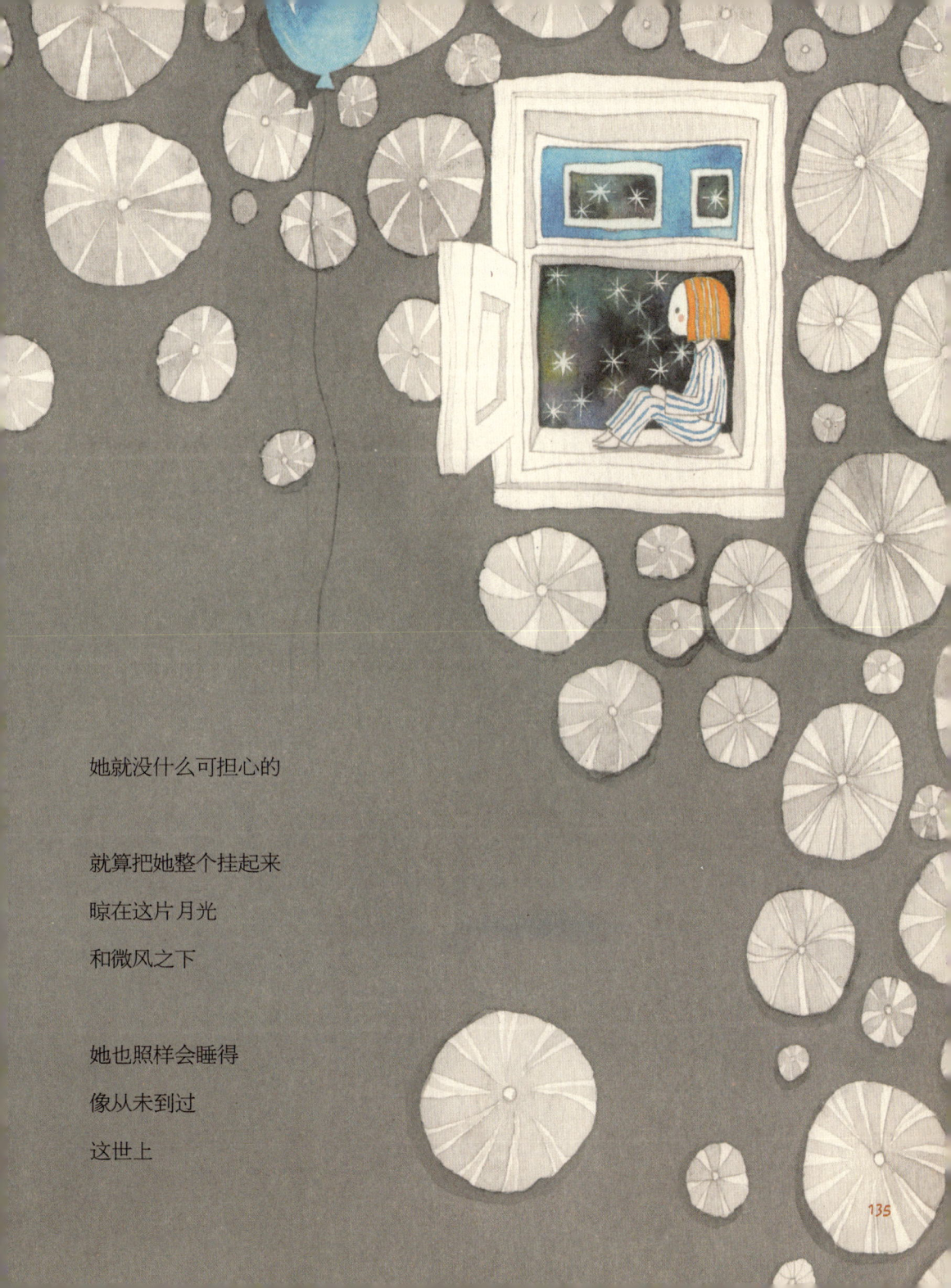

就算把她整个挂起来
晾在这片月光
和微风之下

她也照样会睡得
像从未到过
这世上

24 小时卡通片

像一勺冰激凌

半岁大的婴儿

睡在我怀里

我移动的脚步

如置身于

带电的薄雾中

廖兵坤

廖兵坤，苗族，1992年生，重庆彭水人。有作品入选《新世纪诗典》《中国先锋诗歌地图》《民族文学》等。著有诗集《保持身份》。

梦见世界末日

今天下午和晚上

梦到两次相似的梦境

梦中发生洪水

一次比一次大

彩鱼飞上天

树林披上白霜

褐色山丘接连倾覆

房屋倾斜

只剩下我家

在洪流中

坚固如初

这和 2012 年梦到的

一模一样

唯一不同的是

上一次末日到来

我独自应对

这次多了一个老婆

多了一个儿子

我抱着他们

面对洪流肆虐

信心大增

了乏

了乏，本名林日明，现居浙江温州。口语诗人，著有诗集《大声说出悄悄话》《半亩悲欢》《一张半禽》等六部。

米立的外号

世界小姐

中国小姐

猫小姐

班花

天才少女

学霸

病菌

暴力女

……

不同学期

不同阶段

不同场合

米立变换着

不同外号

唯一不变的是

起外号的

都是男生

142

口是心非

山村停电的夜晚

借手机微弱的光

牵着米立的手

沿山路往家走

我问她

怕不怕

她回答

有爸爸在就不怕

她问我怕不怕

我想说我怕,有她在更怕

说出口的却是

有米立在就不怕

144

幸福

每天早上送女儿上学

我都会让她猜

校门口的乞讨老头在不在

她猜在

我就希望他在

她猜不在

我就盼望他不在

猜对时

她脸上展露的笑容

能让我幸福一整天

眼力见儿

"米立,天热了你剪个短发吧"
"爸爸你看,那棵树的叶子好几种颜色"

"米立,你剪短发会更好看"
"爸爸,这家死贵的蛋糕店还开着"

"米立,剪了头发会感觉很清爽"
"爸爸,我们拉丁舞老师和体育老师结婚了"

"米立,短发比长发好配衣服"
"哎呀爸爸,你怎么一点眼力见儿都没有"

147

励志故事

咱家原来房子的装修

是爸爸亲自设计的

里面所有物件

大到家具

小到一枚螺丝

都是爸爸亲自挑选的

装修时是七月份

正值最热的时候

爸爸几乎每天都要顶着烈日

骑行十几公里

去建材市场采购

人瘦得只剩一百一十四斤

这么励志的故事

米立却不为所动

只见她扭头

朝我打量一眼

认真地说:

爸爸,你该减肥了

───────────┤ 普元

　　普元，1961年生。毕业于山东大学中文系，曾任新华社记者。1991年辞职经商。现居深圳。

抵消

诗会期间

孩子们获得了

太多的赞誉

和快乐

孩子妈妈说

这样下去

一定会宠坏的

我说

你放宽心吧

马上就开学了

有的是抵消的东西

马、西红柿和女儿

二女儿想养一匹马想疯了
不知她从哪儿知道的
说可以喂它西红柿

这几天我眼前
老闪现出

一股浓烈的
西红柿汁

从马嘴
直达她的
脸上
头上
身上

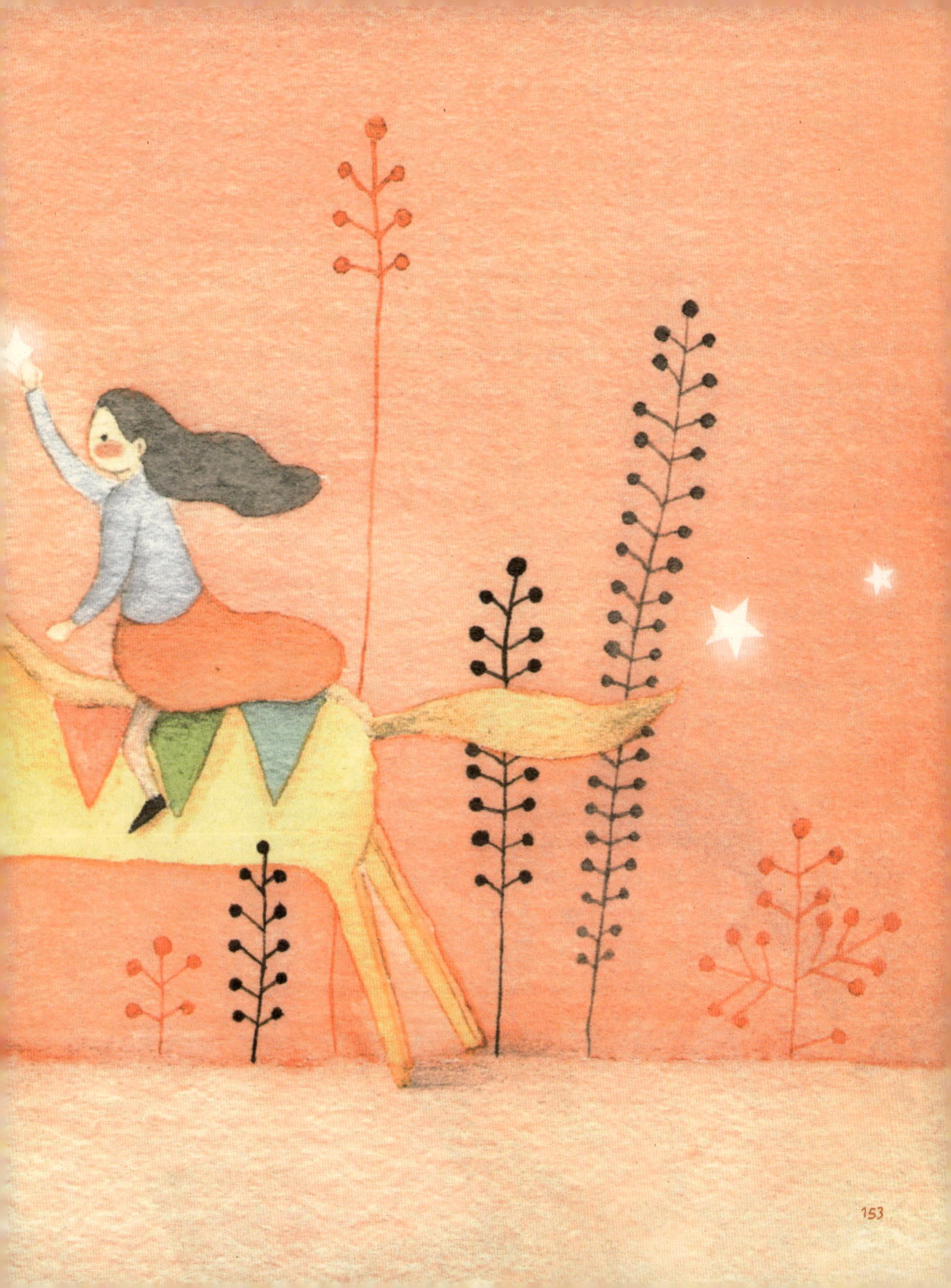

橘子

二女儿走在
我们前面
一路踢着
不知谁
丢掉的一个橘子

到了岔路口

停下

回头问

爸爸

应该往哪边走

我说左

她就和橘子

拐向了

左边

| 江湖海

　　江湖海，中国作家协会会员，1979年起发表诗作千余首，小说、散文、评论千余篇。出版诗集十三部，散文随笔集六部，访谈录一部。作品被译为英语、德语、法语、韩语等。现居惠州。

送儿出国

儿子和我拥抱后
进国际通道
转身向我挥挥手
这小子不知道
老爸像株白菜一样
独自坐在
通道附近的电梯
冰冷的底边上
直到搭乘他的航班
准时掠过头顶

寻找礼物

有时我到一个大城市

走过中山路、人民路、国庆路

都是些硕大的街道

走到双脚发软

仅只是给女儿

寻一枚最小的发夹

高歌

高歌，本名张超，曾用网名刀口漫步。1980年6月出生，山东滕州人，著有诗集《锋芒》《一个农民在天上飞》《死亡游戏》，短篇小说集《俗套中人》，长篇小说《刹那快感》。曾荣膺2012年第二届《新世纪诗典》"十大魅力诗人"。

第一课

一屋子宝宝

在哭

门外

还有个妈妈

在擦眼抹泪

她的宝宝

刚被推进门里

我和女儿

迟到十分钟

面对此情此景
她哇地哭了
扑进我怀里
搂紧我的脖子

我试着解释
这是在干什么
一名女教师
将她一把抢过
抱进教室

| 岳上风

岳上风，本名赵岳枫，曾用名赵血枫。诗人，70后，现居山东济宁。

小树林

因为规划

整个林子就要砍伐

林地的主人正激烈地

和政府人员争吵

围观者一大堆

议论声阵阵响起　　　　　　眼圈微红

十多岁的女儿　　　　　　　问：

扯扯我的衣服　　　　　　　那些鸟儿

指着树顶的几个鸟窝　　　　怎么办

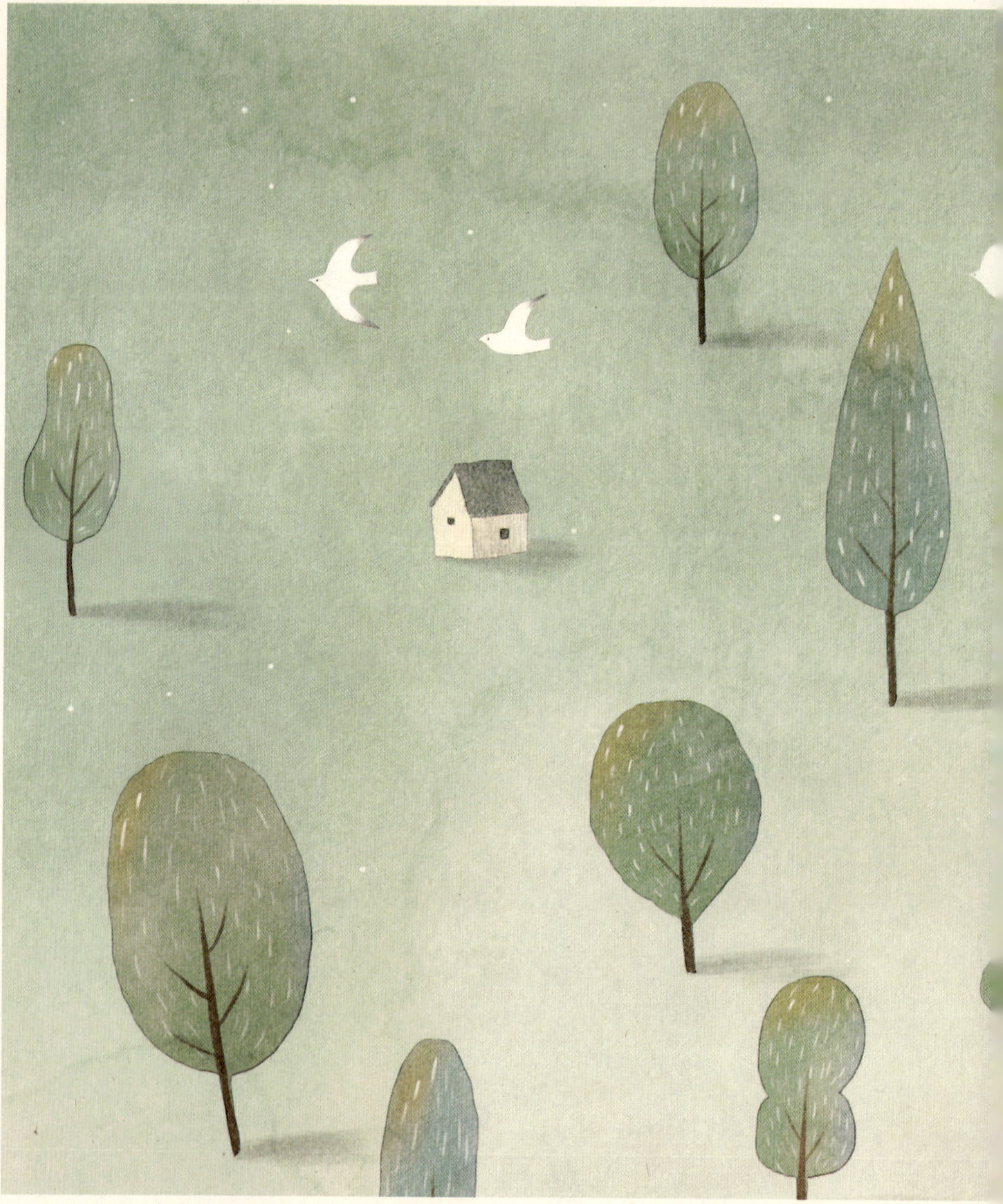

家长会

刚一说出:

我想让孩子过得

快乐轻松些

几位老师和家长

就炸窝了

到散会都在数落我:

千万不能啊

那样你就把孩子一生

给毁了

孺子可教

小妖四岁多
电脑已玩得很熟
她和她妈同玩一个
家居游戏

有一天
她妈大叫
我攒的一万多金币呢
小妖回答:
让我花了
装修了咱俩的房子和花园

她妈嘟囔:
疼死我了
半年才攒这么多
小妖嘿嘿笑:
你说过,
做女人
就要对自己狠一点

167

侯马

侯马，本名衡晓帆，当代诗人。1967年12月出生于山西。出版个人诗集有《哀歌·金别针》《顺便吻一下》《精神病院的花园》《他手记》（增编版）《大地的脚踝》。

致未来

我把孩子

送进了寄宿学校

久久徘徊在童话般的宿舍楼前

心中一千个不放心

一万个恋恋不舍

孩子表面服从

心里是他还不会表达的无奈

临走前一次又一次拥抱

他站在床上两只小手搂着我的脖子

说:

我就是不知道在学校该干什么?

我眼泪差点掉下来

脱口说

孩子,记住

如果你想上厕所

就一定要去上厕所

夏尔是如何理解电话的

夏尔是如何理解电话的
又是如何理解声波里的妈妈

我是如何理解时间的
理解宇宙那令人心惊的边缘

他肉乎乎的小手牢牢攥住手机
这酷似小火车的黑方块玩具
让稚嫩的声音穿过千山万水
妈——妈——

而他的目光越过我的目光
在宇宙中我们彼此照亮

喂——

喂——

喂——

他笨拙的手指一通猛按

手机流出了细小的珍珠

那么浑圆，那么清脆，梦幻的金属

屏幕上显示着######……

小兔子

那只奇怪的小兔子
一整天,被夏尔画着?

妈妈问夏尔
今天你在幼儿园干什么了?
画小兔子

还干什么了?
画小兔子

除了画小兔子还干什么了?
妈妈,我画小兔子

就这样:

小兔子

也许只是一团乱线

也许已支起了两只通向未来的耳朵

被夏尔描述成为

他一生中的

一个整天的行为

积水潭

我父亲帮我照看孩子

孩子摔了一跤

拉到积水潭医院照片子

竟然骨折了

我不禁沉下了脸

那是我三十多岁

初为人父的时候

我表面沉默

心里却埋怨

父亲事业无成

连孩子都看不好

这念头使今日的我

真害臊啊

艾蒿

艾蒿，1982年生于陕西汉中，2004年毕业于西北工业大学，现居西安。1999年开始诗歌创作，诗歌作品曾入选《被遗忘的经典诗歌》《新世纪世典》《葵》《新西兰诗刊》等刊物，2010年与秦巴子、伊沙等六位诗人共同发起"长安诗歌节"，2016年任长安诗歌节轮值主席。

嘿，大鸟先生

每次我们

经过菜市场

都会遇到那只八哥

向我们问好

女儿总会

兴奋地和它打招呼

"嘿！大鸟先生你好！"

待它回答后

再满意地离开

现在她去了重庆

爷爷奶奶家

准备在那里上幼儿园

我和妻子

要拼命赚钱还债

大鸟先生每次见我

依然会说你好

但我没有

回答它

小朋友

小学的第一个星期

李曼祺告诉我

她没有一个朋友

我说不要怕

你会有朋友的

第二个星期

李曼祺告诉我

她没有一个朋友

没人和她玩

我告诉她不要着急

你肯定会有朋友的

第五个星期

我中午给她送书的时候

发现她坐在

紧挨讲台右边的

单人课桌上

我问老师

老师说没有一个小朋友

愿意和她坐一起

她总是想和小朋友

拉着手说话

想成为

无时无刻的朋友

我想了很久

给了她一个答案

如果你学习成绩好了

就会找到朋友

并安慰她不要着急

爸爸很多年以后

才找到朋友

听话

当我大声呵斥完

不到两岁的女儿后

她规矩地

站在我身边

低着头

盯着自己的脚尖

偶尔翻着眼睛

看我一眼

我从未教过她

因为犯错

挨训的时候

应该以

这种姿势回应

我想起年迈的奶奶

总爱无事生非

被父亲训斥以后

也是这种表情

多么相似

她们

让人心碎的本能

资格

女儿指着漫画中

一位手持镰刀

戴着斗篷

又看不清脸的人

问我这是谁

我回答她那是死神

她问死神是做什么的

我说他让人死

然后收割人的灵魂

你看这镰刀——

他咋自己不去死呢

她又问我

我一时语塞

无法解释死神到底

该不该死

李勋阳

　　李勋阳，"凤凰圣斗士"，陕西丹凤人，现居云南丽江。诗人、小说家、新锐儿童文学作家，创作有诗歌专辑《身体快乐》，小说《我们都是蒲公英，飘着飘着就散了》《黑白心跳》《别摇了，滚吧》，儿童文学《小尾巴奇遇记》《少林鼠》等。

我的征途是星辰大海

又一颗星星掉下来

我看了看它

扔进垃圾桶里

为了能让余果

看着星空睡觉

我买了上百颗荧光星

贴在卧室天花板上

现在小家伙慢慢对它们

不感兴趣了

它们也开始慢慢掉下来

先是一朵云和小月亮

后来每过一段时间

就掉下来一个

有时夜晚来临

它们在室内闪闪发光

我摘下近视眼镜

仰卧着看着它们

真是星河灿烂

就在心里慢慢数

却总是

数也数不清

186

一只母老虎的诞生

从怀胎数月

到儿子出生

媳妇肚皮上的妊娠纹

也从西瓜皮

变成了

虎纹

无题

两岁半的儿子

有点发烧

妻子翻出退烧膏

贴在他额头上

他仰着头

跑到我面前说

爸爸

我漂亮不

189

父子冤家

在小儿出生之前

我和妻子打赌

我赌女儿

她赌儿子

当然附有很有趣的赌注

虽然我很喜欢女儿

但又担心自己赢了

生个女儿随己

那可怎么办

自己这尖嘴猴腮的样子

放在女儿身上

绝对是个灾难

最终妻子赢了

现在小儿特别像我

却有那么多人

夸他可爱

蒲公英的叹息

两岁小儿

现在最喜欢玩的

就是吹蒲公英

下午两点

我在小区楼下

的黄杨带里

发现了一个

新开的蒲公英

但是小儿正在午睡

我想

等他起来再摘

四五点钟

他一醒来

我就带他下楼

说带他去吹蒲公英

等我们找到

却发现蒲公英

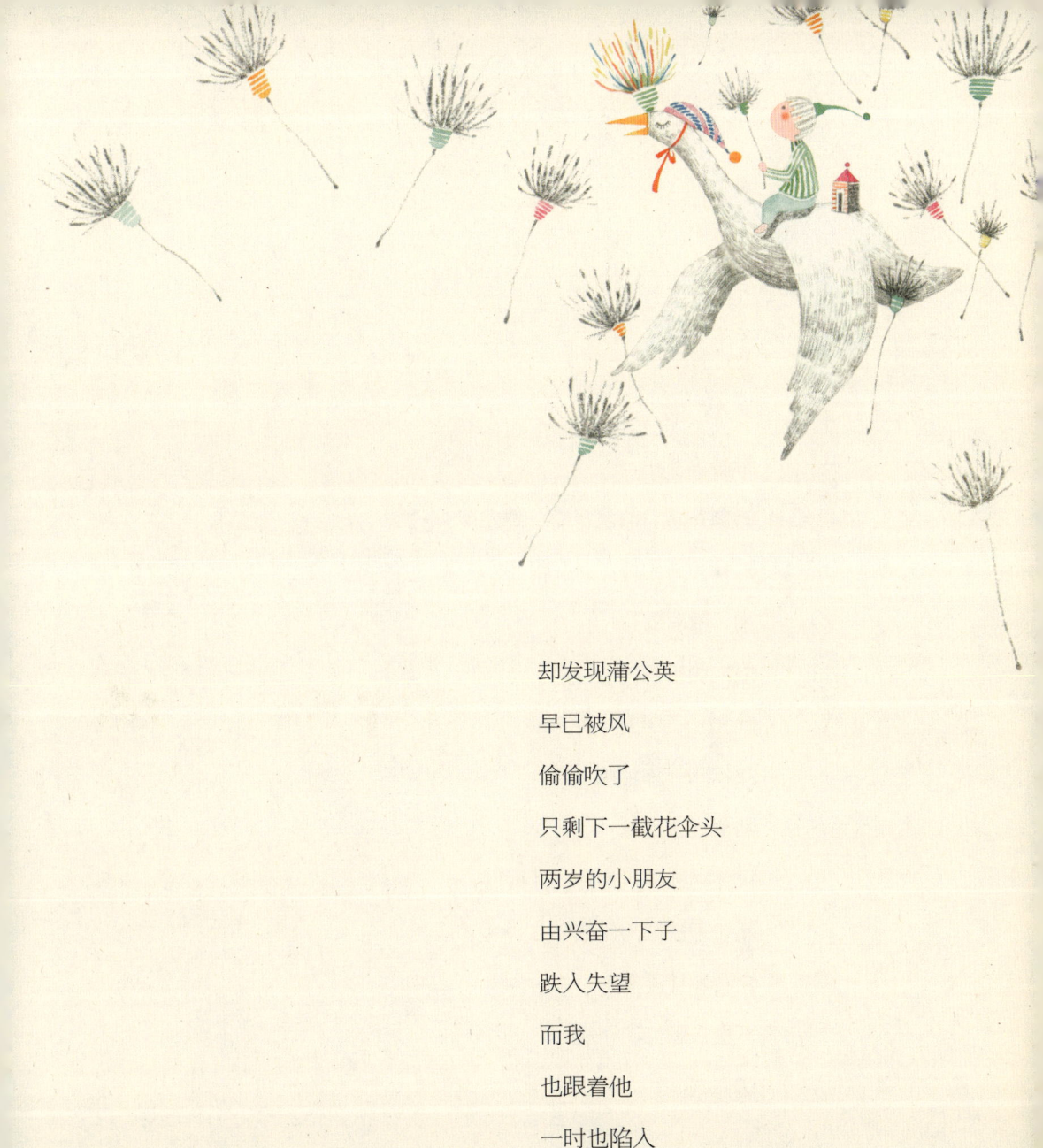

早已被风

偷偷吹了

只剩下一截花伞头

两岁的小朋友

由兴奋一下子

跌入失望

而我

也跟着他

一时也陷入

莫大的

沮丧之中

切

带着妻儿

到樱花路、清溪水库、黑龙潭

踏春

妻子随时要我

给他俩拍照

她和儿子摆出各种 pose

我咔咔一阵乱按

她拿过去查看

只要把她自己拍好的才说好

而儿子被拍得什么样

我看她并没在意

不禁心里笑了一声：

切

195

杰作

刚才煮面

剥葱时

发现葱白上

有一道黑线

仔细一看

是记号笔所画

这两天儿子刚学会

涂鸦

拿起记号笔到处乱涂乱画

本子、桌上、沙发

他自己的腿上和胳膊上

不用多说

这肯定是他的杰作

别人没有他现在这颗心

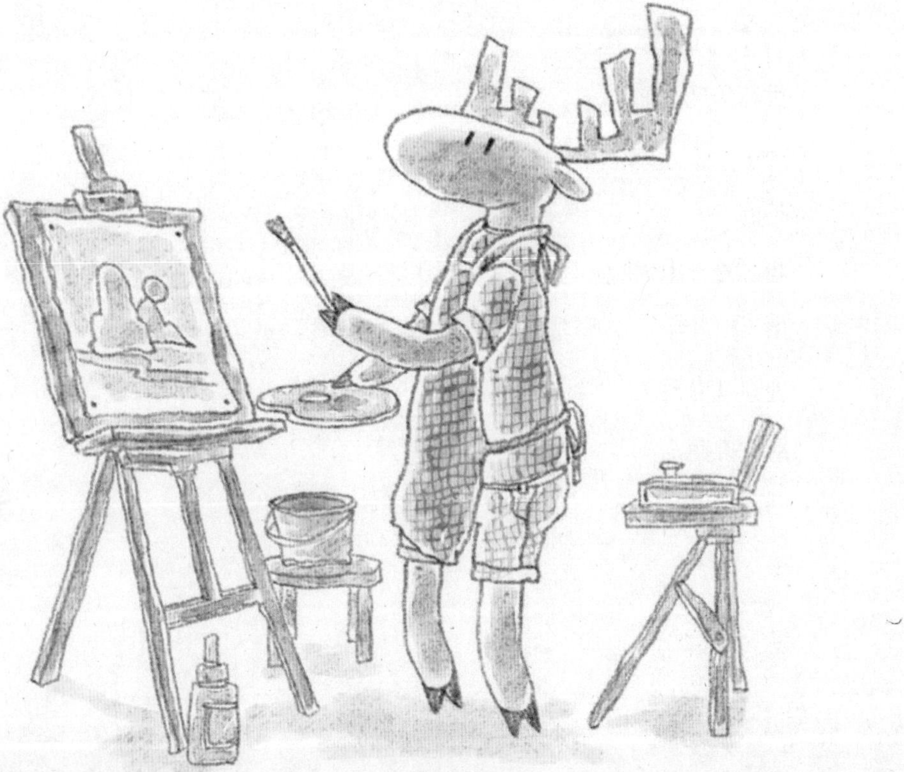

此书献给朋友圈的朋友们

有一本好书

叫《我是倒数第一名》

推荐给朋友们

……

是的

我还没写出来呢

但

现在就值得

给你推荐

199

儿子说了风凉话
中沙

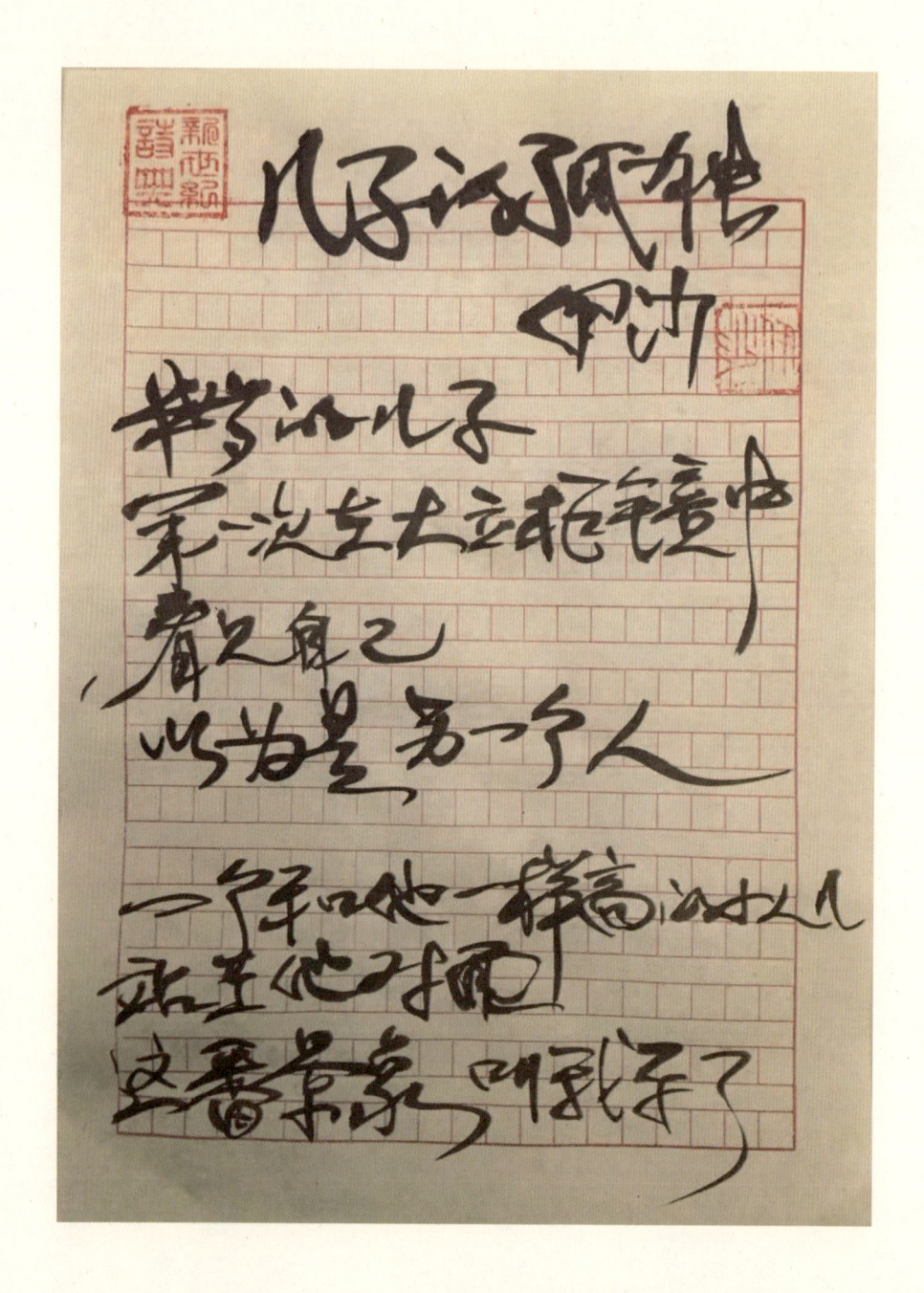

带着儿子
第一次走大立柜镜中
看见自己
以为是另一个人

一个和他一样高的小人儿
站在他对面
这番景象叫他笑了

仿佛
我又回到儿时——

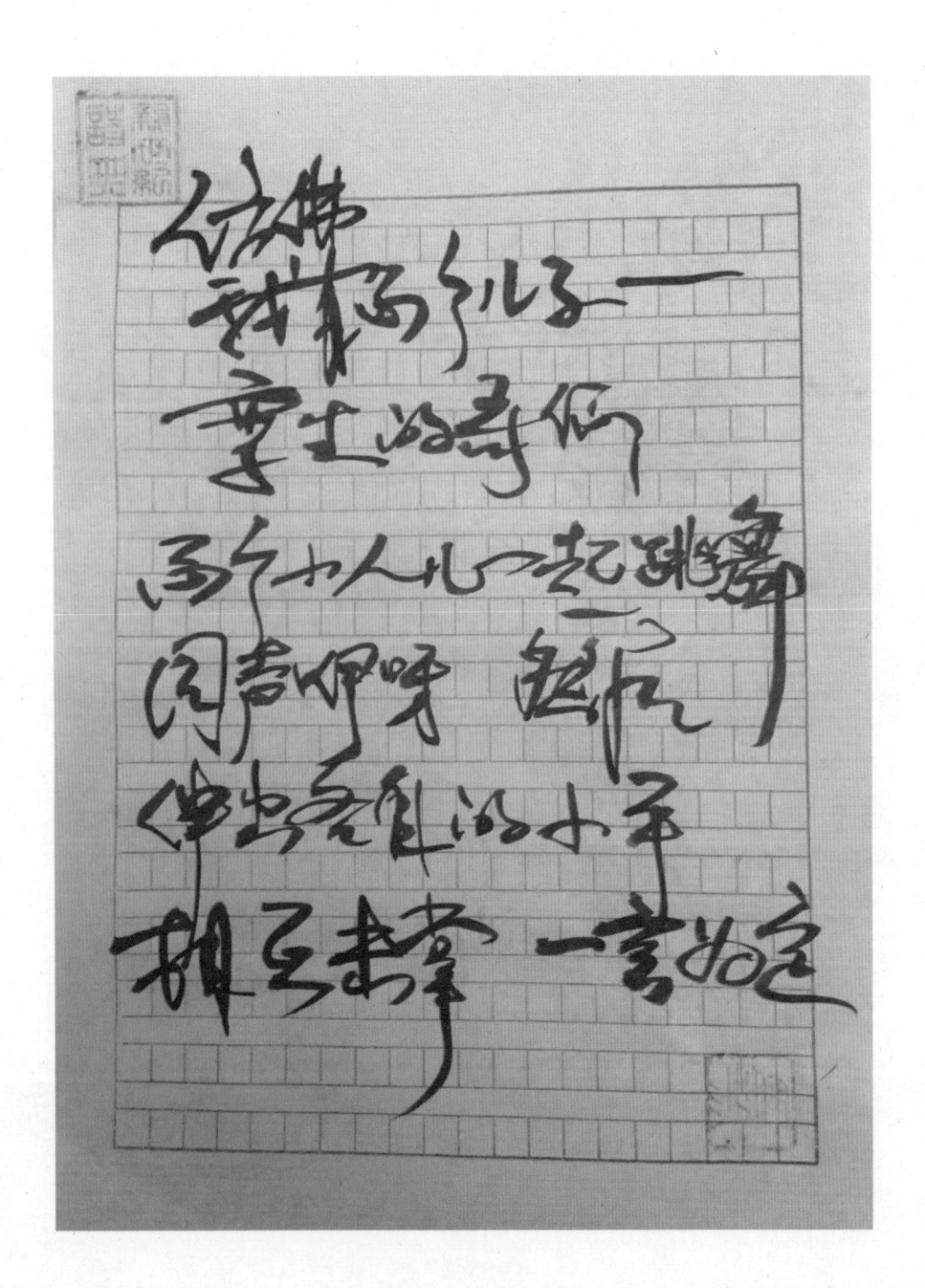

要坐海鸥的翅膀

和千万人儿一起跳舞
同声呼喊 起飞

做出色的少年

抖擞志气 一言为定

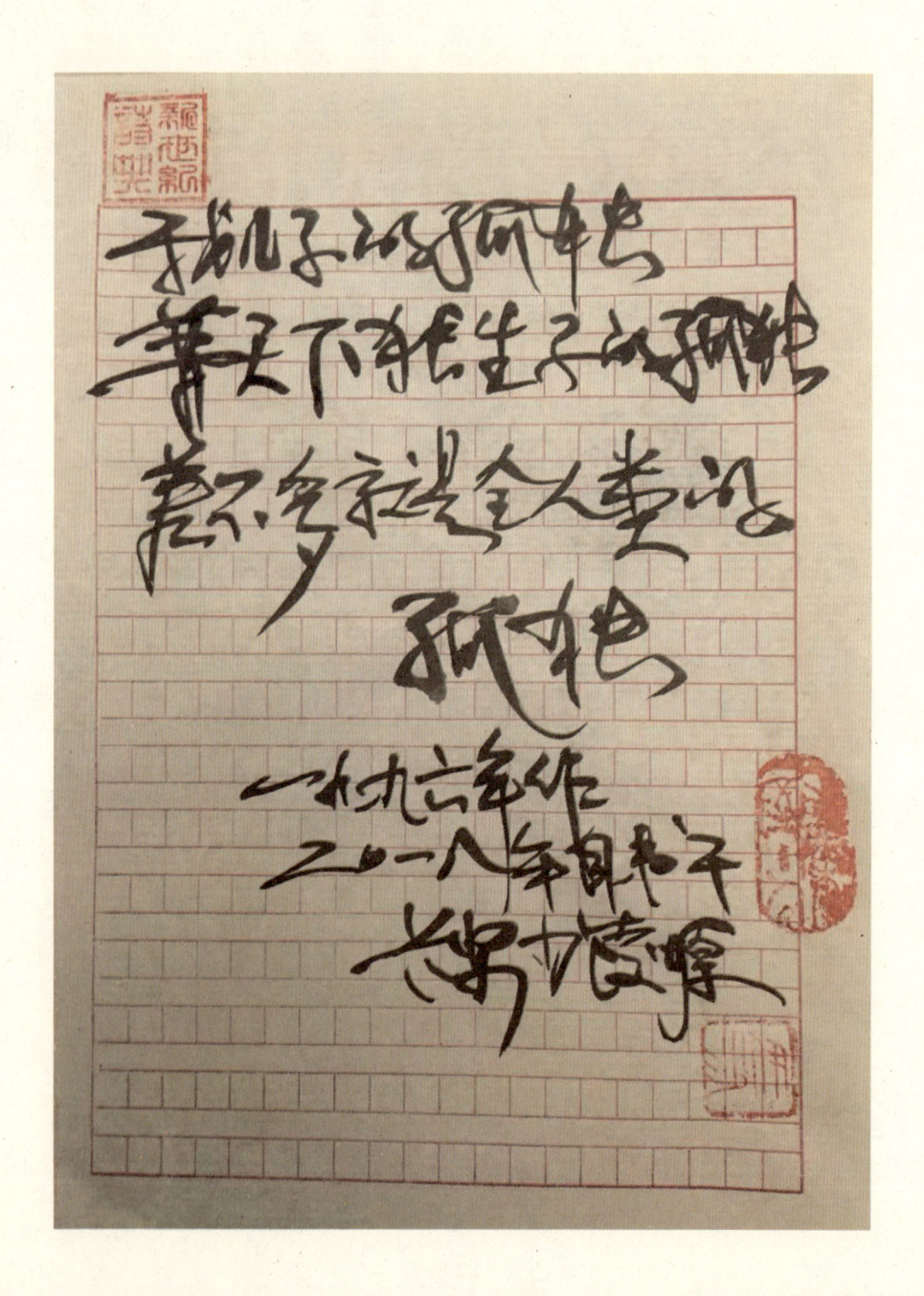

我观子设孓孤单鸟
举天下无能生子孓孤鸟
差不多私说个人类孤
孤鸟

一九九六年作
二〇一八年自书于
长安十方堂

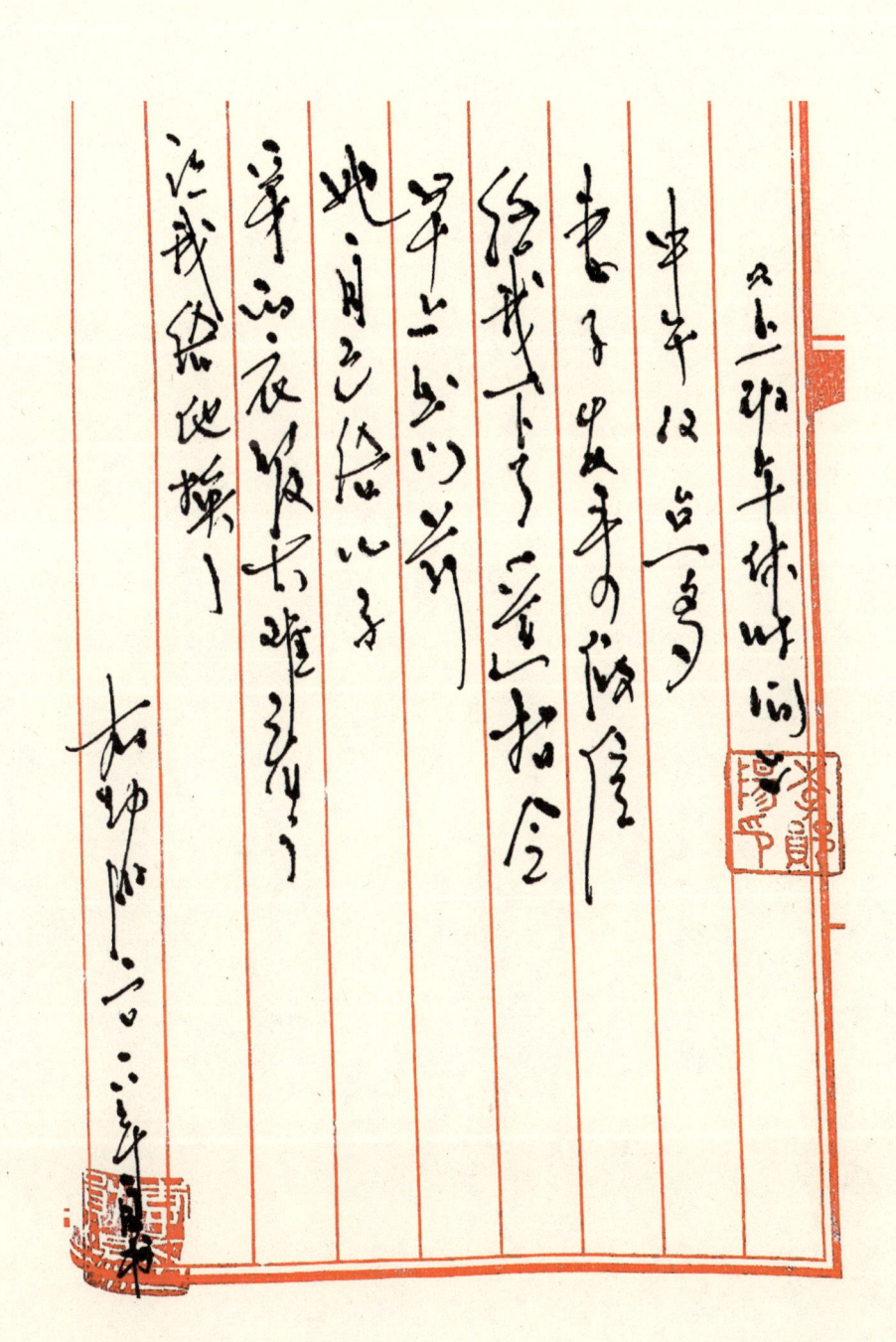

申午12点一刻
电子发来的战信
经我下令三号指令
午上改以后
此月已给以子
辛的衣服七件又一
让我给此衣一

毛泽东

给孩子写

一首小诗

——写给孩子的诗

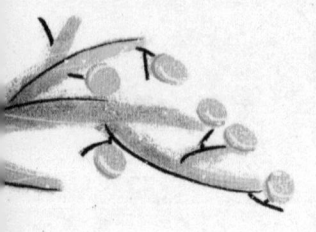

一首小诗

——写给孩子的诗

给孩子写

一首小诗

——写给孩子的诗

本书中插画作者及作品：

瓦个 - 儿子的孤独 /002，梦 /024，穿越 /042，幸福 /047，母亲 /061，我是谁 /098，两个傻瓜 /100，树枝孤鸟 /121，父与子 /126

倪文 - 想起儿子许的愿 /004，子不教父之过 /008，我又胖了 /030，投降 /062，地球的瞬间生活 /069，屁 /072，虫子 /116，为了不让明天更糟 /134，小树林 /163，嘿，大鸟先生 /176，我的征途是星辰大海 /184，蒲公英的叹息 /192

胡言 - 比喻的陷阱 /010，外语 /022，为什么要等一下 /037，高铁站 /112，眼力见儿 /146，马、西红柿和女儿 /152，家长会 /165，小朋友 /178

张斅 - 梦 /012

李 Shine- 羽翼 /013

张博森 - 女儿说 /028，划痕 /040，儿时同伴 /071，生活对白 /107，励志故事 /148，杰作 /196

白蜷 - 为错误而高兴 /018，家 /020，一种死法 /057，诗意 /079，梦见世界末日 /138，口是心非 /143，一只母老虎的诞生 /187

周语尘 - 晚餐 /076，幸福 /145，切 /194

黄豆豆 - 母爱 /050，新住处 /055，安慰话 /118，孺子可教 /166

一留留 - 彼此 /034

芦叶 - 教谕 /066，橘子 /154，无题 /188

芝柿 - 大昭寺前的两个藏族孩子 /128

汇智博达豆瓣小站　　汇智博达公众号

总 策 划：刘志则　　产品总监：庞　涓
特约编辑：李勋阳　　媒体推广：周莹莹
装帧设计：苏洪涛　　责任印制：周莹莹
团购热线：010-84827588

爸爸们的诗

材质说明

奥森童书

内文采用瑞典进口纸，
84度白，绿色阅读不伤眼。

图书在版编目（CIP）数据

爸爸们的诗 / 奥森编. —石家庄： 花山文艺出版社, 2018.10
　ISBN 978-7-5511-4373-8
　Ⅰ.①爸… Ⅱ.①奥… Ⅲ.①诗集-中国-当代 Ⅳ.①I227
　中国版本图书馆 CIP 数据核字 (2018) 第 241559 号

| 书　　名：爸爸们的诗
| 编　　者：奥　森

责任编辑：梁　瑛
责任校对：李　伟
美术编辑：胡彤亮
出版发行：花山文艺出版社（邮政编码：050061）
（河北省石家庄市友谊北大街330号）
销售热线：0311-88643221/29/31/32/26
传　　真：0311-88643225
印　　刷：艺堂印刷（天津）有限公司
经　　销：新华书店
开　　本：710×889　1/16
印　　张：14
字　　数：100千字
版　　次：2018年10月第1版
　　　　　2018年10月第1次印刷
书　　号：ISBN 978-7-5511-4373-8
定　　价：68.00元

（版权所有　翻印必究·印装有误　负责调换）